日本媽媽的臺菜物語

ママ、ごはんまだ？

HITOTO TAE

一青妙

陳惠莉、林慧雯 譯

改版序

《日本媽媽的臺菜物語》的中文版出版於二〇一四年，至今已經要十年了，讓人不得不感嘆時光的流逝。

比這本書早一年出版的《我的箱子》，是我寫的第一本書。在家裡偶然發現的一口「箱子」裡，放有已離世父母親的日記、照片、食譜、信件及遺書等。這口貼著紅色和紙的箱子，凝聚了許多我們家人之間的回憶。

這讓我產生了一個念頭：我想要多了解身為臺灣人的父親。於是我邊循著父親的足跡、邊釐清我心中臺灣人與日本人的身分認同，拚了命寫下這本書。值得高興的是，這本書不僅受到許多人喜愛，甚至還榮獲了《中國時報》的開卷好書獎。

當我開始獨自摸索父親的故事時，我彷彿也在夢中聽見已逝的母親對我說：「小妙，別忘了媽媽呀。」我當然沒有忘記媽媽。只不過，母親在我大學時才過世，比父親活得更久一些，可能是因為當時我已經是大人了，我與她之間的回憶比父親更鮮活、也更飽滿紮實。我覺得要以客觀的角度描寫出母親並不容易。不過，另一方面我也希望能將母親的故事好好留存在這個世界上，因為母親帶給我的影響比父親更大上許多。在這樣抱著進退兩難的心情下，我拿起了母親留下的臺灣料理食譜。當下我想到，如果是以「食」為主題，也許可以寫出點什麼來。於是我完成了這本《日本媽媽的臺菜物語》。

我的母親在二十四歲時，與大自己十六歲的父親結婚。其實直到與父親結婚前，母親曾與U先生交往過。父親過世後，母親與U先生重逢，有時候也會與身為女兒的我一起用餐、購物。我當時正享受著大學生活、幾乎不太回家，U先生代替我照顧母親、陪母親商量心事。等到我與妹妹都能獨自生活後，我想母親應該會與U先生再婚吧。但沒想到母親卻早一步逝世了。

二〇二二年底，我與U先生久違地見了面，在一間日式餐廳一起用餐。

儘管U先生已經將近九十歲了，但精神依然健朗如昔。當我們互相交換過近況後，U先生突然羞赧地開口：「其實我在石神井有一棟透天厝。」

我知道U先生住在足立區，他怎麼會在位於練馬區的石神井有一棟透天厝呢？U先生繼續對一頭霧水的我說：「那是當時為了跟和枝小姐結婚而準備的房子。」

這真是突如其來的真情告白。

一心想著與母親共度未來的U先生，竟然趕在求婚前先蓋了一棟房子。可是，就在房子蓋好、U先生正要求婚的當下，母親卻突然在U先生眼前消失了。下一次再現身的母親，身旁帶著我們兩個女兒。

「我真是個壞媽媽，對不起。」

母親突然向我們道歉。身為女兒的我看來，總是隨心所欲的母親雖然也有不對，但U先生遲遲不下定決心、老是讓人空等，他「不乾不脆的個性」也是導致這種結局的關鍵，U先生似乎對此感到後悔不已。

後來U先生一直維持單身。聽說他偶爾會前往那棟原本預計要與母親步入婚姻生活的房子，除除草、開門窗透透氣。他們兩人在陰錯陽差之下沒能共度一生，有時候我會朦朦朧朧地想像，眼前這個人也許可能會成為我父親也說不定。

個性爽朗陽光的母親，有她迷人的一面。想必父親與U先生都被這樣的母親深深吸引吧！

我父母親之間的故事，不只被拍成了電影、還上演成舞台劇。在舞台劇裡有一幕是我回想U先生與母親重逢的畫面。如果這齣舞台劇有機會在日本上演，真希望U先生能親眼觀賞，他的反應真是太值得期待了。

剛入口的茶碗蒸在我的舌尖融化，高湯優雅的香氣在我的鼻腔深處擴散開來。

二〇二〇年開始襲捲全球的新冠肺炎疫情，最近終於步入尾聲，我也終於可以恢復臺日往返的步調。回到臺灣後，品嚐了在本書中也有介紹的豬腳與瓜仔肉，也喚醒了我腦海中母親的手藝與回憶。

我現在已經過了當初母親過世的年齡——四十八歲。我的下一個目標是，希望自己到了父親當初過世的五十七歲時也依然充滿活力。除了要把他們沒活上的歲數都好好活下去之外，我也要盡情享受父母親賦予我的人生。因為這肯定是他們兩人最大的心願。

臺灣版序

二〇一三年對我而言是值得紀念的一年。因為，我的第一本作品《我的箱子》得以在父親的祖國——臺灣出版，拜此之賜，以前感覺十分遙遠的臺灣和我之間的距離一口氣縮短了許多。

同時，我循著已過世的父親的足跡頻繁回臺灣的機會增加了，也因此，這一年是我針對自己的身分認真思考的一年。

我覺得「身分」這個名詞在一路走過複雜歷史的臺灣所代表的意義一定比日本還要沉重許多。

對現在的我來說，身為臺灣人的身分問題漸漸具有深重的意義，因而總是讓我思索良久。

在我面世的作品，也就是去年在臺灣出版的《我的箱子》中有提到過，所以有些讀者可能已經了解。我身為臺灣人的父親姓顏，在臺灣北部的港都基隆出生長大，明確的地點是現在知名的觀光景點九份。顏家當時是擁有金礦和煤礦的財閥名門，父親則是顏家的長子。

當時的顏家被稱為臺灣五大家族之一，父親在基隆的家族擁有龐大的家產，甚至有人說足足有一座山那麼多，聽說房子也都是用檜木建蓋而成的豪宅。但是很遺憾，在戰爭期間，因受到空襲而被燒毀殆盡，經過改建之後，現在則成了中山公園。

父親和身為日本人的母親結婚，生下我跟妹妹一青窈。

我現在使用的姓氏「一青」是罕見的姓，在日本也曾經被誤以為是「臺灣人的姓」。事實上，這是我母親娘家的姓。在石川縣的能登半島上的鳥屋町有一個叫一青村的村落，據說一青這個姓就是從那邊來的。

我在日本出生後不久便遠渡重洋來到臺灣，在臺灣生活並接受小學教育。

從一九七〇年到一九八〇年代，臺灣的教育都圍繞在三民主義和蔣介石的主題上打轉，使用的地圖也是涵蓋有中國大陸的大中華民國的地圖。

大家都知道，臺灣曾有很長一段時期處於戒嚴，但是當時的我完全沒有意識到這件事，連「戒嚴令」是什麼都不知道，就這樣長大成為一個臺灣孩子。

我升上小學高年級後，因為父親工作的關係，一家人從臺灣搬到了日本。當時我十一歲。之後，就一直在日本生活。

在臺灣，我雖然就讀在地的學校，但是一回到家，和家人間的對話全部使用日語，所以搬到日本後，在生活和學校方面幾乎沒有任何溝通上的問題。

之後，雖然曾經回到臺灣，但都是為了親戚之間的事，幾乎沒有到過臺北以外的地方，更不用說到臺灣旅行或遊樂了。我在日本接受高中、大學教育，因此完全失去了身為臺灣人的自覺和身分，變成了一個不折不扣的日本人。

這一方面也是因為父親的過世使然。在搬到日本生活的所有家人中，只有父親一個人背負著臺灣的身分和責任，但是他在我就讀中學（即臺灣的國中）二年級時因肺癌過世了，從此「臺灣」便從我們家的生活中消失得無影無蹤。

再加上當時在日本有一個現象，會說英語的人往往能博得他人羡慕的眼光，但是會說中文的人，卻會讓人覺得你是少數奇怪的族群，所以我並沒有很積極主動的告訴他人，自己是臺日的混血兒。

之後，我進入齒科大學唸書，當我二十一歲還在學時，母親就因罹患胃癌而過世。畢業後，我成了一名牙醫，同時也開始演戲，回過神來，才驚覺自己已經年過三十五歲了。

我變成一個不折不扣的日本人，過著幾乎忘了自己是臺灣人的生活。我之所以再度開始意識到自己血液中的「臺灣身分」是源自常有的「搬家」一事。

距今大約五年前，我下定決心重新改建將近四十年的老家，在整理家中物品時，從櫥櫃裡找出了一個日式的箱子。打開一看，裡面放了許多信件和筆記本。那是一疊信和母親的日記。信件包括父母婚前往來的信和我寄給父親或母親的信。我一封一封拆來看，於是，被我遺忘的臺灣記憶便宛如一道水柱，從本來堵住的水龍頭中噴射般流瀉而出。

信中的一字一句像是父親的諄諄教誨，也包括我和父親一起前往的場所以及我就讀的學校、在臺灣吃過的許多美食等所有與臺灣相關的記憶。當中也有當時還在唸小學的我以現在的我所無法寫就的流暢中文寫給父母親的信。於是，我對之前完全遺忘了自己和臺灣有這麼深厚的關係一事，感到無比後悔。

然而，單是後悔並沒有任何幫助。之後，我以自己所能採行的各種方式，追循著父親生前的足跡，開始造訪父親的朋友，想要重新接合臺灣和我之間曾經斷了的牽絆。

父親生前非常喜歡日本。然而，日本在一九四五年八月戰敗，變得不再是他的國家，自己則成了中華民國的國民，這件事讓他大為苦惱。

父親的日本同學對當時的情況留有鮮明的記憶，他告訴我：

「日本的敗戰，底定於一九四五年八月十五日，老師和同學都在日誌上寫下『為了日本的重建』之類的文章和敗戰的心境，然而，妳的父親卻隻字未提。對於日本的敗戰，他從頭到尾不置一詞，然而，過了一陣子，他的眉毛卻突然開始掉落，變成了一張沒有眉毛的臉孔，著實嚇了大家一跳。」

聽說之後父親跟朋友這樣談起：

「以前學校教我們的事情都是騙人的啊。」

「老師說過，你們都是天皇陛下的孩子，是一起稱頌天皇陛下萬歲的同生共死的兄弟。可是，等戰爭一結束，你就成了戰敗國日本的國民，而我則是戰勝國中華民國的國民，再也不是什麼天皇的孩子了。我不是日本人了。我再也不去學校了。」

從此，父親真的就不再去上課，日本敗戰之後兩年，他就撤回了臺灣。

我覺得父親對國家或國籍一事嚴密思考的程度倍於他人。他以作為日本人出生，也被教育成日本人，然而，就在某一天，所有這些觀念卻整個被顛覆，因為衝擊過大，才導致他的眉毛完全脫落。

當時，父親突然從日本人變成了臺灣人，從此不再是日本人，為了這件事，他著實苦惱了一輩子。

父親雖然是大家族的繼承人，卻選擇了和出身於一般人家的母親結婚，或許這正是他無法完全割捨自己內心深處身為日本人的部分。

父親的早逝似乎有部分是他自己的選擇。

父親有精神方面的問題。平常他會過著正常的生活，然而一年當中總有一次或兩次，短則數天，長則數月，他會將自己關在房裡，既不開燈，也完全不踏出房門一步，只是不斷喝酒。當時年紀還小的我始終無法理解箇中理由。父親的飲食和如廁問題都在房內解決，其徹底的行徑於今想起，不禁佩服母親竟能忍得過去。

我無法確定父親這樣的行為是從什麼時候開始的。但是聽說自從戰爭結束後，他蟄居的頻率便增多了，所以，我想身分的問題應該對父親造成了很大的影響。

在黑暗中，父親一個人到底在想些什麼？

我一再試著去思考父親苦惱的理由，可是還是無法理解。父親也沒有對任何人詳細說明過。

然而，我把後來找到的父親的密友和親戚們的談話內容慢慢地、一點一滴拼湊起來之後，父親片斷的形像便漸漸變得清晰起來。

父親還是想當日本人，不管是心理還是身體，他都是個不折不扣的日本人。所以，我在想父親是不是因此讓自己的心靈整個麻痺，導致精神上出了問題？

父親過著依賴酒精生活的日子，這樣的生活當然會弄壞身子。因為一直過著這種生活，結果他罹患了癌症，縮短了自己的生命。

這麼一想，我不禁懷疑父親是不是成了犧牲品？是什麼的犧牲品呢？是歷史的犧牲品。本來是一體的日本和臺灣因為政治的關係而分道揚鑣，導致本來在這種環境下生存的、像父親這樣的人，被日本人和臺灣人這兩種身分給撕裂了。

我得以有機會與和父親活過同一時代的許多人見面、談過話。我某種程度可以理解父親的想法，也可以理解他的苦處。同時，我也得以了解到「臺灣」這塊土地一路走來的歷史。而且我也開始可以明確親口說出：「我是臺灣和日本的混血兒。」

在《我的箱子》中，父親是主角，而在《日本媽媽的臺菜物語》中則是以母親為主要角色。

母親沒能在人生的舞台上華麗出演，然而她比任何人都了解、摯愛顏惠民這個身為臺灣人的丈夫，並在距今約四十年前從日本來到臺灣。母親給我的印象總是笑容滿面，個性開朗，但是我從在搬家時起出的許多日記和信件當中了解到，她的心裡有著外人難以想像的苦楚。

我透過母親經常為家人所做的臺灣料理來描寫這樣的母親。事實上，一直到幾年前，在為了整修房子而找到那口箱子之前，我做夢都沒想到自己會連續寫下兩本與臺灣有關的書，真的無法想像。因為寫了兩本書，我第一次學會面對父親和母親，開始思考臺灣和日本，還有自己的身分問題。

在戰前，同時身為臺灣人和日本人一事並不互相矛盾，在父親心中，這兩個身分是並存的。

然而，隨著日本的敗戰，父親被迫接受自己不是日本人的事實，生活在否定之前學到的身為日本人的常識、日語、日本人式的思想等一切的社會中，箇中的矛盾和鴻溝使得父親在精神、現實生活上都苦惱不已。由此看來，因為心中同時存在著日本人和臺灣人的身分，結果使得父親吃足了苦頭。

另一方面，我自己心裡也清楚了解到，我也跟父親一樣，有著臺灣和日本兩種身分。在食物方面，臺灣料理比日本料理更合我的口味。有時候也覺得用普通話或臺語來說話會比用日語更能表現自己的想法。

我並不想否定在我內心深處的臺灣身分。

日本和臺灣有兩次分離的經驗。一次是一九四五年日本戰敗時，另一次則是一九七二年日本和臺灣斷交。每當這個時候，像我們家人一樣、和日本及臺灣都有牽絆，同時擁有雙重身分的人們都會飽受內心的掙扎。然而，現在真的很讓人感到欣慰的是，日本和臺灣的羈絆在各方面都持續強化中。

我無法忘懷在日本發生三一一大地震時，臺灣人民提供了令人難以置信的支援。在日本，到臺灣旅遊已然形成一股熱潮，目前飛往臺灣的班機總是客滿，要訂到機票是難上加難。

二〇一三年秋天所舉辦的東京國際影展，是時隔三年之後，以「臺灣電影復興」為主題，上映了六部臺灣的電影，每一部電影的票券都在瞬間售完。

二〇一四年於大阪舉辦的亞洲影展中，也已經決定要以臺灣的電影「KANO」做為開幕作品，其他許多的臺灣電影也預計將陸續上映。雜誌和電視也相繼製作「臺灣特集」。

我很慶幸自己能夠出生在這個時代。

我不再需要像父親那樣為同時擁有臺灣和日本的身分而感到苦惱，我希望這樣的身分，在日後可以成為我的一大助力，幫助我的人生之路走得更寬闊，並豐富我的人生。而我也覺得現狀正朝著這個方向邁進。

我現在頻繁往來於臺灣和日本，在臺灣用餐的機會增加了。小時候去過的店家仍然存在的已經不多，但是母親在臺灣學會的，每天做給我們吃的臺灣美味卻清晰留在我的舌尖上。

我覺得在今後的人生中，珍惜我心中的臺灣身分，和臺灣人們保持互動，就某種意義來說，就是讓過世時心中多少留有些許遺憾的父親和母親在另一個世界感到安心和喜悅的最好方法。

我的臺灣身分今後一定會日益壯大的。

謝謝聯經出版公司的發行人林載爵先生讓我有再度在臺灣出版作品的機會。另外還要感謝總編輯胡金倫先生、芳瑜小姐、楊玉鳳小姐、鍾諭賜先生，以及幫忙翻譯的陳惠莉小姐。

此外，還要對幫忙完成生動插畫的葉懿瑩小姐致上謝意。

二〇一四年對我來說，除了期待能夠更縮短我和臺灣之間的距離，如果閱讀本書的各位讀者能夠因此喜歡我那身為日本人、深愛著身為臺灣人的父親而一路努力在臺灣生活的母親，那將是我個人無上的喜悅。

二〇一四年一月

目次

小妙，吃飯囉！

我二十三歲那一年，母親過世了，享年四十八歲。我在十四歲時失去了父親，所以也就是說，我在不到二十五歲的時候就父母雙亡了。

用十四年的歲月來記憶父親其實是很足夠了，但是父親因為工作的關係，幾乎有大半的時間都與我們分開居住，所以，我覺得我比較可以冷靜接受父親死亡的事實。

縱使父親過世了，因為還有母親在，所以老實說，我幾乎不曾因為單親的問題而感到孤單落寞過。然而，母親過世之後的感覺就不可同日而語了。

那種感覺很難用言語來形容。寂寥、惶惶不安、孤寂、失落、孤獨……。心中的感受好似如此，可是又覺得好像並非如此。

然而，我也沒有因為這樣就迷失了自己，或者表現出很狼狽的樣子。倒不如說，我比其他人更早接受了親人死亡的這個事實，有條有理地張羅了雙親的後事，我沉浸在自己已經能夠獨當一面的氛圍中。在二十幾歲的當口，我對這樣的自己感到相當得意。

不過，有些事情我實在很想跟母親確認，只是現在卻永遠再也沒機會問清楚了，唯有這件事讓我在內心深處留下了永遠的「遺憾」。

事情的開端來自我二十歲左右時和母親的談話。

「我一直搞不懂妳在想什麼，所以覺得很難跟妳溝通。我不知道該拿妳怎麼辦。而且我實在是信不過妳，相對的，對於我的老年生活，我對小窈比較有期待。因為小窈比較體貼。」

我在家裡和母親聊天，當話題談到老年生活時，我對母親說了類似「去住老人安養院不就好了」之類的話。當時，我對老年或老人安養院之類的事根本沒有具體的概念，只是就莫名地說出這樣的話來。結果，母親聽了之後有點不高興，便回了我這樣一段話。

就性格上來說，我對自己鮮少會關心別人、個性有點冰冷的特質頗有自覺，所以我用這樣的話頂了回去：「妳不是很明白了嗎？妳說的沒錯，我就是這樣的人，那就別把老年照護工作這種麻煩事丟給我了。」

明明是我自己開的頭，但是母親對妹妹的期待多過我的這番話，卻著實深深刺痛了我的心。

從這時候起，我就感覺到和母親之間有了一道眼睛看不見的、類似牆壁或鴻溝的東西。我出於直覺地深信，我跟母親是無法相互理解的，從此再也無法坦率與母親談自己的事情。沒想到，母親卻突然因為癌症而過世了。

母親實際上到底是怎麼看我的？想要找一天問清楚的想法永遠也無法實現了。

二〇〇七年，我下定決心在以前和父母及妹妹同住的地點蓋一間新房子。

老舊的房子從建蓋完成之後已經過了將近四十年。母親還在世時都會定期整修，一直小心翼翼住著。但是在她過世後，房子有一段時期是處於一陣子有人居住，一陣子無人居住的狀態，而且我對房子的維修工作也沒有那麼熱心。房子處處斑駁，終於面臨了非得大肆整修的時期。

本來我就對建築很感興趣，所以對於要建蓋自己的房子一事，花費了倍於他人的時間、勞力以及堅持。我對建築師提出了各種任性的要求，光是設計的時間就花了兩年以上。

然而，一旦決定要拆房子，整理家中的雜物就讓我陷入了苦戰。

因為多是以前我從沒用過的東西，其實大可全部清理掉就好，我認為這是一個讓我選擇保留真正必要東西的好機會。然而，以前和家人住在一起的回憶卻層層疊疊湧上心頭，讓我遲遲下不了手。

我一直以為自己對感情看得比較淡薄，不至於會沉溺於回憶當中，所以才能一路這樣走來。然而，重建房子一事卻讓我感覺到對家人的感情日復一日不斷發酵開來。

父母親留給我們姐妹的回憶之多超乎我的想像，有一些我很熟悉的東西，譬如擺飾、相簿、和服、餐具、圖畫等；也有一些是藏在抽屜的底部，我從來沒有見過的東西。

幾個茶色的信封放在大瓦楞紙箱裡，紙箱底部有一個紅色的箱子。打開箱子一看，裡面有大量的信件和母親手寫的筆記。

身為臺灣人的父親因為工作的關係，在我小時候，有一段時期家人是四處散居的，這些信件就是那段時期家人之間往來的書信。而母親手寫的筆記本則是父親在與病魔纏鬥期間的內容紀錄和料理食譜。茶色信封中放的是我和妹妹就讀幼稚園時所畫的圖畫或所寫的日記、唸小學時寫的作文、中學・高中時代的成績單、大學時的明信片等。

母親究竟是什麼時候整理保留了這麼多的東西啊？難道她早就預期有那麼一天，我會像現在這樣打開箱子來看嗎？

我茫茫然想著，一字一句看著綑成好幾層，母親親手寫下的信件內容。隨後，我拿起兩本老舊而泛黃的B6大小的穿孔筆記本。

封面是一張插著一朵花的花瓶和三朵黃玫瑰的圖案。湊近一聞，有著在圖書館找到陳年書籍時沾附在手上的那種味道。

上頭印著「NAN I BOOK CO.，南一出品」。是臺灣製的筆記本。

第一本筆記本的第一頁上用藍色的原子筆寫著：「一九七二、一一、一八請劉左源先生的太太教我做中國料理」。

接著寫了以下的三十七道食譜。

砂鍋

小黃瓜、胡蘿蔔泡菜

醬油滷雞塊

麻油雞湯

大蒜拌墨魚

炸燉豬腿肉

油煎白菜魚乾

大蒜、青椒、榨菜、豬絞肉、紅椒拌炒

油飯
蒸蛤蜊
白菜滷
清燙豬舌
燉牛舌
燉雞雜碎
清蒸豬小腸
臺灣天婦羅
春捲
魚翅湯
蘿蔔糕
黑豆
燉內臟
紅豆年糕

這些料理都是在我長大的臺灣和日本兩地，母親經常做給我們吃的。

另一本筆記本因為封面的穿孔部分破掉了，所以用透明膠布黏了起來。書頁上貼著從報紙上剪下來的料理剪報以及備忘的食譜，包括寫在彩色便箋上的，一共有五十二道食譜。

這些食譜包括味噌湯汁的調配方法、燉煮芋頭、牡蠣丼飯、味噌炒蓮藕等，都是以日本料理為主，而且也是經常出現在我們家餐桌上的料理。

母親的背影浮現在我的腦海中並重疊起來。在我的印象中，母親總是背對著我們，穿著藍底粉紅小花的圍裙站在廚房裡為家人做料理。直到現在，我才發現到這件事。

廚房裡有長寬超過兩公尺，塞滿了餐具的大型櫥櫃，櫥櫃裡還放著幾本中式料理書，手寫的筆記本也一併放在裡面。

那是母親留下來的兩本筆記本。望著母親留下來的、寫滿了食譜的筆記本好一會兒，不知不覺中，陳舊紙張所散發出來的味道早就消失得無影無蹤，取而代之的是以前在我們家廚房或餐桌上聞到的味道，這些味道就這樣盤據在我的腦海和口中。

我一個字一個字仔仔細細看著寫在筆記本裡的食譜，竟感覺到母親就近在身旁。

這個念頭一起，頓時讓我徬徨不已，坐立難安。

出生於一九七〇年的我第一次到臺灣是在出生後六個月，之後就一直在臺灣生活，一直到十一歲。因此，除了母奶，我舌頭所接觸到的味道，正是寫在這兩本食譜筆記本中的「臺灣料理」和「日本料理」。

指導母親做臺灣料理的那位「劉左源的太太」究竟是何方神聖啊？

我查訪了在日本及臺灣的幾位親戚，終於在二〇一二年一個雨下不停的夏季悶熱日子裡，得以拜訪他們位於臺北郊外的住處。劉太太是一位有著一頭白髮和一張圓臉的老婆婆，看起來有些年紀了。一走進屋裡，老婆婆就說「顏惠民先生（父親）的千金來了」。她的兩個女兒和孫子們都在裡頭等著，熱烈歡迎我的到來。

劉太太說她曾經在我唸小學低年級時看過我，但是我一點記憶都沒有。

我攤開帶去的母親的食譜，指著第一頁寫著老婆婆名字的地方。劉太太一看，大吃一驚，開始斷斷續續為我訴說陳年往事。

老婆婆說她的本名叫林燦珠，丈夫叫劉左源，依照臺灣人的習慣，大家都叫她劉太太。劉家是祖母的姐姐的婆家，再加上戰前，劉左源先生和父親一樣，都在早稻田大學留過學，所以兩人意氣相投，建立起了深厚的交情。

劉左源先生和劉太太都是接受日語教育的世代，彼此也都用日語交談，所以祖母才將剛嫁到臺灣、還不會講中文的日籍母親介紹給劉家認識吧。

母親幾乎每個星期都會到劉太太家，直接接觸有生以來第一次碰到的臺灣料理，然後將重點備忘在筆記本上，這一定就是她留下來的第一本筆記本。

藉由母親留下來的筆記本，看到和過世的母親曾經度過同一段時期的劉太太現在就站在我面前，心中頓時湧起一股不可思議的溫暖感情。

劉太太無限懷念般一頁頁翻著食譜筆記，一邊面帶微笑說：「原來我們做過這些東西呢。」

劉左源先生於二〇一〇年以九十歲高齡過世了。一想到如果我能早一點前來拜訪他們，也許就能聽到更多關於父親和母親的事，心中不禁甚感遺憾。

聽說劉太太今年就要邁入八十七歲了，她的長女劉茗芳女士繼承了她在臺灣料理方面的手藝。

「如果想吃什麼，隨時歡迎妳來。」

劉太太很體貼的這樣對我說。

我心想，只要來這裡，也許我隨時都可以遇見母親的臺灣料理的味道。

除了母親記錄在筆記上的料理，我們一家人還在臺灣吃過這樣的料理。

地瓜粥

肉圓

瓜仔肉

豆漿

油條

酸辣湯

蚵仔煎

排骨

菜脯蛋

這些料理都是我再熟悉不過的東西。閉上眼睛，不但可以感覺到美味在口中瀰漫開來，連計程車匆忙來去的臺北街道、流浪狗徘徊著的攤販前頭的桌子、和家人圍坐在一起的圓桌都清晰浮上腦海。

想要做出這些料理，就得到臺灣平民百姓經常會去的市場。我記得小時候，每當母親訂購了裝在籠子裡的青蛙，我就會想到用醬油燉煮青蛙的「三杯田雞」；請人精心料理連皮帶骨都是黑色的雞隻時，就會想到用烏骨雞熬煮的中藥湯「當歸湯」，因而興奮不已。即便是現在，我都有種習慣，只要一看到某種生物，首先就想著能不能吃下肚？小時候的這個體驗或許就是原因所在。

至於市場的豬肉則是從頭到尾巴，從內臟到皮，一整頭豬都被按照部位分別切開來，有時候吊在肉攤上，有時候則排列在肉攤上。只要指著各個不同的部位，肉販便會告訴客人該部位的名稱。想買絞肉時，也可以挑選喜歡的部位，當場請肉販絞碎。

在日本，幾乎看不到臺灣這樣的傳統市場。有些地方區域還保留有市場，但是鮮少有剁生肉出售的地方，我能想到的只有沖繩的公有市場。就地理位置和民俗風情來看，沖繩和臺灣非常相似，所以才會在飲食文化方面有諸多共通之處吧？

看到寫在筆記本上的料理名稱，就彷彿聽到圍著圍裙，一手拿著炒鍋，一邊笑著呼喚「小妙，吃飯囉！」的媽媽的聲音。我發現，不論在哪一種味道中，都有著我和

母親共度時光的鮮明記憶和故事。

認識以前的母親的人在看到超過四十歲的我時，莫不異口同聲驚嘆著：「妳真是越來越像令堂了呢。」

不只是外表，聽說我的表情、舉止、聲音也都像母親。

「要晚回來時記得聯絡一聲。」、「說什麼跟女性朋友出去旅行，根本是一派胡言吧！」、「多用功一點！」

對進入大學唸書，正打算縱情謳歌青春的我來說，母親的存在時而就像壓垮我意志的醃漬物壓石一般。這樣的存在簡直是礙事到讓我受不了，因而挑起了我強烈的反彈。

總是能看透我的一切、游刃有餘處理事情的母親太讓我感到害怕，有時候甚至讓我覺得很不舒服。

我們母女意見不合時，彼此也都不願退讓。

最近我突然發現，也許正是因為我們不只外表相似，連本質都類似，所以母親才會覺得我難以相處。

隨著我不斷成長，我變成一個獨立的個體，一個女人，母親開始對自己身為母親一事感到困惑，或許就因為這樣，所以對我產生了一種奇怪的感覺。

對我來說，母親是最無法相互理解的最貼近存在，同時也是最能相互了解的最遙遠存在。然而，就算現在我想與她接觸，她卻已經不知在何處了。

母親留給我的只剩下回憶。我明確了解到，當我拿著母親的食譜筆記本，就可以再度觸碰到吃這些料理時的感情和點點滴滴。

母親是鯡魚的孩子？

♪媽媽是緋魚子緋魚子，烤起來不好吃

這是母親經常哼唱的歌。

我問她，這首歌有什麼意義嗎？

結果母親笑著回答：

「媽媽小時候又瘦又乾，所以被朋友這樣嘲笑呀！」

母親的名字是一青和枝。

一九四四年四月二十二日出生於東京都文京區，上有四姐二兄，依序是姐姐、哥哥、姐姐、姐姐、姐姐、哥哥，是一青家的五女。在戰時物資缺乏的貧困環境中，母親的母親、也就是我的外婆，因為沒有奶水，只好拿芋頭和米飯來煮汁餵養母親。可是，外婆在生下母親後半年就因為結核病而魂歸西方，之後就由幾個姐姐輪流照顧母親。

當時在前往疏散地長野縣的列車上，背著母親的阿姨日後回想起來，就像講口頭禪一樣告訴我：「我不斷摩搓著和枝冰冷的小手和小腳，一直擔心她會不會死掉了呢。」

戰後回到東京，發現文京區老家一帶已經被燒成了一片枯野，一家子只好重新在北區尋找落腳處，重新出發。母親的父親在東京都的交通局擔任機械師，支撐著一家的生計，但是考慮到還有七個小孩要照顧，遂於母親三歲時再婚。

「新媽媽」是一個從來沒有生過小孩，在戰爭中失去丈夫的女性。除了身為老么的母親，其他孩子都已經到了懂事的年齡，所以始終無法和這個女人親近，家中瀰漫著抗拒父親再婚的氣氛。但是，唯有母親不斷吸吮著分泌不出母奶的繼母的乳房。

小時候，母親的手腳都像棍子一樣細瘦，肚子則凸了出來，皮膚黝黑，體格就像牛蒡一樣。儘管如此，唸小學時，她卻頂著剪短的髮型，和一群男孩子到河邊玩、一起爬樹，簡直像個男孩子一樣。

翻開母親小學時的聯絡簿，發現她的國語、算術、理科等每一科目都有很好的表現，尤其擅長畫圖，美術成績出類拔萃。

升上中學後，她的畫作得到了高度的評價，甚至獲得了文化祭展覽獎。另一方面，她也開始對外語產生興趣，便進入英語社，積極學習英語。中學三年級時，她當時的級任導師在聯絡簿上寫著「開始凸顯出尖銳的個性，容易遭人誤解」。

是因為本身具有藝術家氣質使然嗎？母親具有強烈的正義感，想到什麼就毫不客氣霹靂啪啦說出來，這種性格是否也和身為老么而被默許的特權有關？無論如何，母親並沒有被看似不幸的幼年時期牽絆住腳步，她快速成長著，甚至升上了高中。畢業後，她到人壽保險公司上班，但是二十歲時就毅然決然離職了。

她離職時，同事們送給她的集體紀念文箋上除了有人寫著「妳走了，我會覺得很孤單」，還有「可別再嚷著忘了手提包或一萬圓紙鈔放到哪裡去了」、「小心不要跌倒受傷了」等內容，可見母親一定是個相當冒失的人吧。

我不知道母親離職的真正理由，但是有同事留給她的紀念祝福語這樣寫著「請發揮妳天生的美感和技巧，度過愉快的一生。」也許是母親想另覓他職吧。離開公司後，母親學習過彫金和和服的穿戴方式、插花等技巧，在二十三歲那年，取得了美容師的執照。

此時，母親的兄姐們全都結婚了，每個人都建立了自己的新家庭，因為各忙各的，所以自母親高中畢業後到結婚之前大約六年的時間，當中發生了什麼事，沒有人能明確的說出個大概來。不久後，母親也離開了老家，開始獨居的生活。也許是從來就沒有機會對父母親撒嬌，據說母親往來的男性多半都是比較年長的人。也許母親是有著戀父情結的。

母親似乎很喜歡她的父親，而她的父親是個沉默寡言，卻又很懂得體貼他人的人。可是外公在我出生後馬上就過世了，所以我對他完全沒有記憶。

父親和母親的邂逅是相當戲劇化的。

母親離開公司後不久，便在開始打工的配膳工作會場上遇到了前來接待客戶的父親。對母親一見鍾情的父親這樣對母親說：

「能借我看一下妳那個戒指嗎？」

父親竟然對一個初次見面的人提出這種要求，他的感性超乎我能理解的範圍。但是，母親只淡淡回了他一句。

「這是我哥哥給我的很重要的戒指，所以不能借你。」

父親仍然緊咬不放。

「我一定會還妳的，拜託了。」

結果，母親開出了日後一定要還戒指的條件，答應了父親的請求。我也無法理解，母親為什麼會答應父親如此莫名其妙的要求。

據說，事實上此時母親已經有了說好要共度終身的對象。總之，父親的企圖算是成功了。後來，父親以「弄丟」借來的戒指為由邀請母親一起吃飯，送了另一個戒指給母親當作賠禮。於是，兩人就此展開交往，邁向異國婚姻之路。

一九二八年出生的父親和一九四四年出生的母親相差有十六歲之多。當時三十六歲的父親毛髮稀疏，呈現「地中海」狀態。體型雖然不胖，但是身高也不到一百七十公分。說得客氣點，外表應該算是很普通，但是他一定是有某些地方吸引了一向喜歡年長者的母親。

身為臺灣人的父親在日本統治的時代於臺灣出生，接受日本教育長大，從小就到日本留學，之後的人生幾乎都在日本度過。父親在日語的說、寫方面都十分道地，一點都不會讓人懷疑他是外國人。

所以，母親也才能和他相處融洽。唯一一件讓母親感到疑惑的事情是，父親平日白天時都待在家裡看書或喝酒，根本都沒有在工作。

母親雖然覺得有點不可思議，但是父親也沒有做什麼說明，所以她大概也只能推測父親的家境一定是還不錯。在母親二十四歲那年，父親第一次招待母親到臺灣旅遊。

對母親而言，這是她人生第一次的國外旅行，而且目的地是臺灣，所以她遲遲沒有跟外公提起，一直到出發前一天才表明，結果遭到強烈的反對。儘管如此，外公還是送母親到羽田機場，甚至還包了一些零用錢給母親。

母親的日記上這樣寫著：

前往臺灣的前一天，我跟父親說要去臺灣玩，結果被狠狠臭罵一頓。可是到機場的時候，父親卻塞給我一個裝了錢的信封袋。這是我有生以來第一次出國旅行，我搭乘的是最後一班飛機，夜裡，街上的燈火宛如河流般串連在一起，在朦朧的夜色中，只見民站在臺北松山機場的小甲板上猛揮著手來接我。

據說有一輛由司機駕駛的豪華汽車開到機場來，那是當時在臺灣屈指可數的車款，所到之處莫不受到熱烈的歡迎，這時母親才知道，父親是臺灣說得出名號的財團繼承人。

之後不久，母親便和父親結婚，開始了在臺灣的生活，並生下了我們姐妹。接下來就是成為母親的一青和枝透過料理所留給我的故事。

打掃和蘿蔔糕

我的媽媽
我的媽媽長得高高的，瘦瘦的，最喜歡掃地，常常把家裡打掃的很乾淨。

這是我就讀小學一年級時，學校要求每天要寫的日記當中的一篇。一整天抹布不離身，總是在家裡到處擦東擦西的母親身影，深深烙印在我幼小的心靈中。在這個時期，我的日記、作文或圖畫中總會出現母親拚命打掃的身影。

母親就是這麼喜歡打掃。

在臺灣時，我們住在公寓的二樓。做好早餐後，母親便會開始擦拭餐廳或起居室的木質地板。寢室是舖地毯的，所以她會用吸塵器清掃。吸塵器是用中央型吸塵器，只要把長長的塑膠管插進每個房間的孔洞中，按下開關，就會呼呼地將垃圾都吸進去。小至毛髮或西瓜籽那般微小的東西，大到飄落在地上的衛生紙或紙片等較大的垃圾，都可以在眨眼間消失於塑膠管中。因為塑膠管看起來好像可以把任何東西都吸進去，對我來說，就像魔術管一樣，所以我經常鬧著母親說：「給我弄嘛。」

有一次拿著塑膠管時，得意忘形的我打開了掛滿父親西裝的櫥櫃。我想吸掉黏附在西服上的綿絮。可是，西裝的袖子卻被扯進塑膠管中，變得皺巴巴的。「既然如此，那就清潔領帶吧！」我這樣想著，遂將塑膠管湊近領帶架。沒想到，吊在領帶架上的幾十條細長領帶就像麵線一樣，一股腦兒被吸進了塑膠管裡。我也曾經將自己十分珍惜的莉卡娃娃的衣服和玩具戒指給吸進去過。

每當我把東西吸進塑膠管後，都會掀起一陣騷動，但母親總是冷靜的打開放在倉庫裡的大箱子的蓋子，將被吸進去的東西一一取出來。對於不是很清楚中央吸塵器系統的我來說，這件事實在是太不可思議了。

母親打掃完畢後，就會到走路約十分鐘左右的市場去採買當天料理要使用的食材。從市場回來後，還來不及喘口氣，就要開始為從公司回來吃午飯的父親做飯。開車從我們家到父親的公司只要五分鐘就到了。臺灣的午休時間很長，所以有不少人都會回家用餐。父親也會回來家裡，用過午餐後稍事午睡一下，然後再回公司上班。到了下午，我以為母親總算可以休息一下了，她卻毅然拿起抹布，以其快無比的速度開始擦拭放在架子上的小東西還有椅腳、燈罩等。

「再怎麼擦也很快又會沾上灰塵了呢！」

在母親這樣的口頭禪中，似乎帶有很享受打掃樂趣的感覺。

我在臺灣的生活一直持續到小學。我十一歲那年的十一月，我們家把生活的據點從臺灣移到了日本。

我們在日本住的是兩層樓的獨門獨院。房間數量很多，還有很多大型窗戶，我覺得打掃起來更辛苦了。用吸塵器吸過，再用濕布擦拭地板後，地板還是會被從庭院飄進來的塵土給弄髒，所以一到下午，就得再擦拭一遍。

家中會用到水的地方也會徹底清理，洗臉台四周水花濺得比較嚴重的壁紙或磁磚接縫處也都上了蠟，以達到防水、防黴的目的。穿舊了的絲襪或牙刷經過母親的巧手加工，變成了可以清除細微之處的打掃利器。我都偷偷稱會利用各種工具徹底清除汙垢的母親為打掃大魔王。

我認為，母親的功力並不亞於現在以打掃術聞名的創意達人松居一代女士。但是，這麼厲害的母親卻也為廚房四周的整理工作感到頭痛，有部分原因是我的緣故。

雖然開始在日本生活，我卻還是常常賴著母親，想吃臺灣料理。而為了要重現臺灣的美味，就必須使用比往常更多的食材和調味料。

尤其是要做「蘿蔔糕」時，有很多材料都是在日本找不到的，準備工作和調理也很費工夫，事後的整理作業更是一大負擔。

「蘿蔔糕」的發音聽起來很可愛，所以很容易記。在臺灣，日文中的「大根」是寫成「白蘿蔔」。把白換成紅，變成「紅蘿蔔」，就是日語中的ninjin。也難怪，兩者的大小雖然有差，但是形狀類似，所以以顏色來做區別命名是有道理的。在中文裡，所謂的「糕」是將各種穀物磨成粉、搓揉製成的食品總稱。

蘿蔔糕就跟它的名字一樣，像年糕般，外形是白色的，通常切成四方形，但是沒有像年糕那般的黏性，軟硬度適中，用筷子就可以切斷來吃，也是喝茶時不可或缺的有名茶點。蒸熟的蘿蔔糕可以沾醬油來吃，也可以用油將兩面煎出一點焦黃色，再沾醬油食用。煎過的蘿蔔糕表面比較酥脆，裡面則比年糕要滑嫩，兩種口感都很好，所以我很喜歡吃。在臺灣，較多人是煎過之後再吃。

而在新加坡或馬來西亞，則習慣把蘿蔔糕細切成肉丁狀，和蛋或大蒜、蔥等一起熱炒之後食用。

蘿蔔糕本身並沒有特別強烈的味道，可是卻是我定期就會有想吃衝動的食物之一。

這或許是因為住在臺灣的時候，每個月至少會有一次利用星期日的中午和母親、妹妹及嬸嬸一起出門去「飲茶」的關係。我們固定去的地方是位於臺北市內的國賓飯店、六福客棧以及圓山飯店等飯店的餐廳。

大都會和我們同行的人是被大家稱為小翠的大姑姑。小翠姑姑年輕時曾到日本的音樂大學留學，在家人中，她是父親之外，日語講得最好，又喜歡講話，個性詼諧的人。她總是大聲笑著，稱母親為「大嫂」，非常照顧我跟妹妹。

母親經常一邊喝茶，一邊忘我的和大姑姑聊天，才看兩個女人交頭接耳，竊竊私語著，下一秒鐘卻又看到她們突然哈哈大笑起來。我看著她們的一舉一動，不禁深感佩服，她們臉上的表情、手、嘴巴竟然可以同時那麼忙碌的活動著。

也許母親是靠著聊天來抒發她在陌生的臺灣生活所累積出來的壓力吧。對我來說，一個月一次的飲茶時間是可以享受到美味食物的愉快時間，然而對母親而言，也許就等於是現在所說的「姐妹會」一樣的活動。她因為極力控制個人情感而使得精神和活力銳減，而飲茶活動就是她重新充電的重要時刻。

我們在中午十一點半左右抵達餐廳時，店內一半的座位幾乎都坐滿了客人，孩子的哭聲和太太們的笑聲響徹室內，充滿了活力十足且熱鬧的氣氛。光是置身於這種氣氛中，就夠讓人情緒高漲了。

我們一坐下來便會先點茶水。烏龍茶是絕對必要的，不過有時候也會點茉莉花茶或普洱茶、菊花茶等。

等茶水一送上桌，拉著手推車的阿姨就會立刻朝我們的餐桌走來，就好像有人一聲令下，一起為我們展示放在推車裡的點心，展開一場展示大會戰般。

小蒸籠層層疊疊放在手推車裡，上面有加了糯米的燒賣、呈鮮綠色的翡翠餃子、從通透的外皮可以看到裡面的蝦子，看似美味十足的鮮蝦餃、高級的魚翅餃，以及一定不能少的小籠包等。手推車的阿姨們就像變魔術般，一個一個移開蒸籠的蓋子讓我們瞄一眼，一旦看到自己想吃的東西就得立刻用手指指明示意，否則馬上就會被略過。

比較特別的蒸食要算是以雞爪蒸煮而成的「鳳爪」、用排骨蒸煮的「豆豉排骨」，以及我最喜歡吃的牛肚「金錢肚」。

另外還有一道料理叫「腸粉」，是用米磨成的粉揉推成薄薄的皮，然後在皮當中放進蝦子或叉燒肉，捲起來蒸熟，澆上醬汁食用。這道菜吃起來非常滑嫩順口，往往在回過神後才發現吃太多了。

另外還有春捲、像油炸包（將肉餡、粉絲、洋蔥等餡料包在麵粉裡，油炸而成的俄式點心）的「鹹水角」、油條、非吃不可的炒飯、粥、炒麵等，這些飲茶的料理菜

色真是多不勝數。

每一盤料理的份量都很少，這是飲茶的好處，即便人數不多，也可以享受到多種料理的美味。年紀尚小的我跟妹妹可以從主食吃起，包括馬拉糕、杏仁豆腐、蛋塔以及甜點，整個都吃上一輪，所以我們都非常喜歡飲茶。

飲茶料理的種類是如此之多，所以我們總是會試著點平常鮮少吃到的料理來嚐鮮，儘管如此，我跟母親一定會點的一道料理就是蘿蔔糕。

點蘿蔔糕時有一個「know how」。首先要對推著搭載有調理專用鐵板的手推車招手，然後說「一份蘿蔔糕」。等個大約五分鐘，服務人員就會當場煎好三片香皂大小、四方形的蘿蔔糕。把盛在盤子裡剛煎好的蘿蔔糕沾上醋醬油吃進嘴裡，頓時就有「來飲茶了」的感覺。

對我們家來說，蘿蔔糕是象徵飲茶的一道料理。

可是，如果要自己做蘿蔔糕，就要經過切、刨、發乾、炒、搓、煮、蒸、煎等許多過程，非常耗時。我只看過店裡從煎糕的步驟開始做起，所以一直認為做蘿蔔糕就像做磯邊餅❶一般簡單，每當母親問我「想吃什麼？」我總是說「蘿蔔糕」，然後不

❶ 磯邊餅，將烤過的麻糬沾上醬油、捲上海苔而成的一種日式點心。

斷催促著「還沒好嗎？」讓母親著實大傷腦筋。

因為想趕快吃到蘿蔔糕，我也曾經黏在正在做蘿蔔糕的媽媽身邊，所以對製作蘿蔔糕的過程我記得一清二楚。

首先是拿出一條白蘿蔔，開始切。一條白蘿蔔的一半左右都得切成絲狀，所以這個作業非常麻煩。用菜刀切絲時，大量的蘿蔔絲會堆積在砧板上。接下來再用食物調理器將剩下的白蘿蔔儘量切細。切好的蘿蔔放進炒鍋裡煮沸，水面就會浮起白色的澀汁。「再等一會兒就好」母親總是一邊說一邊攪拌蘿蔔，她的樣子讓我聯想到煮著要讓白雪公主吃下肚的毒蘋果的壞皇后，心中不禁覺得有點恐怖。

食材要用到蝦米和乾香菇、中式火腿等，將它們一起用鍋快炒，然後放進正在熬煮蘿蔔的鍋裡一起煮，最後加入白色的「蘿蔔糕的粉」倒進桶子裡。

母親經常從臺灣帶回日本、她稱為「蘿蔔糕的粉」的東西是裝在上面什麼都沒寫的透明塑膠袋裡的。我問那是什麼粉，她告訴我是「在來米粉」。這是在日本不容易買到的東西，卻是製作蘿蔔糕不可或缺的材料。

臺灣本來就是以米食為主的地方，吃的是沒有黏性，柔軟而有甜味，一種叫秈米的長粒種米。在日本殖民時代，吃不慣秈米的日本人遂把有黏性而柔軟的粳米（短粒種）帶進臺灣，臺灣便也開始大面積栽培粳米。從此，臺灣原本生產的秈米被稱為「在來米」，而從日本帶進來的粳米則稱為「蓬萊米」，以做區隔。

蘿蔔糕的粉，也就是所謂的「在來米粉」是將秈米磨成粉狀的東西。加了在來米粉的材料經過蒸煮後，就變成了帶有光澤的蘿蔔糕的原形。冷卻之後、切成四方形，終於就出現了放在餐廳推車上，那令人熟悉的蘿蔔糕的模樣，接下來就是煎烤的工夫了。剛煎好的蘿蔔糕香得讓我覺得等上幾個小時都值得，感覺比在餐廳吃到的要來得好吃幾百倍。

我們一邊大讚好好吃，一邊忘情吃著蘿蔔糕，一旁母親則被處理善後的工作給追著跑，忙得團團轉。

食物調理機還有砧板、炒鍋、兩耳鍋、蒸籠、桶子、篩子還有小竹杓。流理台上堆滿了因沾附油脂而顯得黏乎乎、髒兮兮的用具。

當時還沒有洗碗機那麼方便的東西，所以只能一樣一樣用手洗。一開始清洗，就發現食物調理機的角落若隱若現的有著髒東西，於是便將布條包捲在牙籤上開始擦拭起來。接下來又覺得不能對卡在篩子網眼上的東西視若無睹，於是便用牙刷去刷洗。用棕櫚刷清除蒸籠上的汙垢後，必須在通風良好的地方鋪上報紙，將蒸籠排放上去晾乾。要花上比平常多數倍的時間做清理工作，使得母親這個清掃大魔王也不禁大嘆「太麻煩了」，可是我完全不放心上，頂著一臉沒事人的表情，大啖我的蘿蔔糕。

在我當時生活著的一九七〇和八〇年代的臺灣，說到早餐外食，主要就是豆漿和燒餅、油條、飯糰。最近我到臺灣的早餐店去吃早餐時，發現除了有我熟悉的選項，還有三明治、漢堡、炒麵、餃子等，甚至還有蘿蔔糕，這讓我大吃一驚。我也看到有人一早就理所當然的點了豆漿和蘿蔔糕，感覺上就跟吃荷包蛋一樣自然。我發覺蘿蔔糕就近在身邊，不禁大喜過望。

可是，點來吃之後卻發現味道很普通。不管在哪家店吃，結果都一樣。粉的味道都太強烈，沒有蘿蔔的風味和纖維口感。外形看起來是蘿蔔糕沒錯，但是味道和我所知道的蘿蔔糕卻大相逕庭。我好失望。

我知道，在早餐店廉價販賣的蘿蔔糕，有大半為了節省成本和手續都極力減少蘿蔔的用量，添加在裡面的材料和蔥也都只有一點點，甚至在米粉中加水做成餅狀，然後就拿去蒸煮。

我還沒有遇到勝過我小時候經常吃的蘿蔔糕的味道。母親所做的蘿蔔糕就有如此深刻而道地的美味，只要一吃進嘴裡，就會立刻感受到幸福的滋味。

自從母親過世之後，蘿蔔糕就從我們家的餐桌上消失了。好幾次我都想重現蘿蔔糕的美味，可是只要一想到善後的工作，我就一直猶豫著。

不過最近找到母親的食譜一事像是往我背上推了一把，我下定決心，試著遵循母親食譜上的指導，挑戰製作蘿蔔糕。

我用削皮器削掉蘿蔔的外皮，再用萬用薄切器把蘿蔔切成細絲。用攪拌器將一半份量的蘿蔔絲攪得更細，剩下的則放進鍋裡煮至沸騰，冒出白色的水泡。到這個步驟跟母親做的都一樣。在等待熬煮的期間，我先準備蔥和火腿、蝦米、干貝、乾香菇等食材。

接著，我將蘿蔔的煮汁加入在來米粉中攪拌。近年來，在進口的品項數量變得豐富許多的中華食材店中已經可以買到在來米粉了。

將上述食材切絲之後熱炒，和煮過的蘿蔔及攪拌器裡的蘿蔔、調味料等一起放進麵糰當中，再把鍋子放爐上，一邊加入發乾水❷一邊用小竹杓攪拌。然而越是攪拌，

❷ 發乾水，浸泡乾貨後所溶出的汁液。

麵粉糰就變得越發黏稠，並開始黏附在小竹杓的四周，變得沉重無比。

儘管如此，我這麼努力還是值得的，原本堆積如山的蘿蔔絲慢慢消失了，我把混合全部食材所做成的麵糰倒進桶子裡，再用蒸籠蒸煮約一個小時。

打開蒸籠時，整個人頓時被水蒸氣給籠罩，混合著香菇乾和蝦米味道，中華料理特有的香味撲鼻而來，水潤有光澤的蘿蔔糕出現了。

可是，想切開蘿蔔糕時，蘿蔔糕卻黏附在菜刀上。原來只有表面是光滑的，裡面並沒有凝固。我試著把蘿蔔糕放到平底鍋中去煎煮，卻始終無法凝固。我像吃文字燒一樣將蘿蔔糕鏟起來吃，發現外表雖然不是挺好看，但是味道倒也沒有那麼差。

我懷疑，母親是不是忘了把某些重要的事情寫進食譜中了？

說起來，母親這個人就像海螺小姐❸一樣粗線條。外出購物時忘記帶錢包是常有的事；全身打扮得光鮮亮麗，可頭頂上卻還頂著個髮捲；要不就是牢牢鎖住了後門，玄關門卻忘了上鎖，做什麼事情都是百密一疏。

我一邊在心中對母親發牢騷，一邊快速清洗堆積如山的調理器具，同時在心中發誓，一定要去熟識的臺灣料理店打聽蘿蔔糕的正確作法。

---

❸ 海螺小姐，日本知名漫畫家長谷川町子所畫著名漫畫《海螺小姐》中的主角。

「責怪」和「生氣」

我並不喜歡吃白米。

我不喜歡咀嚼過米飯後，在口中擴散開來的粗糙感。說得詳細些，米飯根本一點味道都沒有。一吃下去，肚子馬上就飽了，所以我覺得光吃米飯是一個很大的損失。怎麼會有這種一點好處都沒有的食物呢？——我甚至會湧上這樣的怒氣。其實米明明就沒有什麼錯啊。

我聽母親說，幼兒時期的我吃過煮成粥的米飯來取代斷奶食品，但是一換成普通的米飯時，我就再也不願入口了。母親為了想辦法讓不吃米飯的我接受米食，所以得經常為我熬粥。

新潟出身的朋友說：「那是因為妳沒吃過真正好吃的米。」因而特地送了最高級的越光米給我。我試著吃了剛炊煮好的米飯，味道確實是有點不同，但是基本上，粗糙的口感卻沒什麼不一樣。

在日本，粥的地位不無輕重。在一般人的印象中，那是住院的病人或嬰幼兒的專用食品，人們多半是為了處理放置時間過久而變硬的米飯才熬成粥的。

可是在臺灣不一樣，和地瓜一起熬煮而成的「地瓜粥」是非常受歡迎的料理。把魚介類或豬肉和煮汁一起放進鍋去熬煮至米粒變軟變糊的「廣東粥」也是一道很普遍的美味粥料理。

母親也會煮經過調味和加入其他食材的粥給我吃，適度留有一些米湯的七分粥是母親的拿手好粥。煮粥時，母親看起來好快樂的樣子。也許是因為煮粥不需要花費太多工夫，而且不喜米食的我也會高高興興吃下肚的關係吧。只要我說一聲「媽媽，我想吃粥」，母親就連圍裙也不穿，拿出冷凍的米飯，三兩下就幫我煮好粥。

因為粥盛在碗裡，所以一開始我只先喝米湯，然後再放上榨菜或肉鬆、豆腐乳等的中式配菜，和著沉在米湯底下的米粒一起吃下去。我會唏哩嘩啦吃下肚，甚至可以連吃好幾碗。粥對我們家來說，是極為日常的料理。

我在十一歲的時候，中途插入日本的區立小學就讀。臺灣的小學和日本的小學間有超出我想像之外的差異，當時我的日記上有寫到在日本小學裡遇到的一連串讓人驚訝的事情。

第一天上日本的小學，擔任班導的老師到校門口來接我，把我帶到放了很多箱子的地方。心裡正狐疑那是什麼東西時，老師告訴我，那是拖鞋櫃，我嚇了一大跳，因為在臺灣的學校，根本不用換鞋，直接就進教室的，可是日本的學校卻要先換上拖鞋，大家都把脫下來的鞋子放進有門的箱子裡。

揹在背上的紅色或黑色的四方形物體叫「書包」，而且我也才知道，這個書包還挺重的。在臺灣沒見過的跳箱或鐵棒讓我感到很興奮。放學後我會跟同學一起玩踢罐子或捉迷藏的遊戲玩到忘我，連天黑了都沒發現。每天都有許多令我驚奇的發現和感動。

之後，我完全適應了日本的學習活動，後來進入實施一貫教育，從中學讀到大學的學習院女子中等科就讀。

讓我感到不解的是入學第一天所學到的「御機嫌よう」這句寒暄用語。這句話是我有生以來第一次聽到。老師交代我，在開始上課之前、課程結束時、和老師或朋友打招呼時、放學的時候、早上到校的時候等等，總之，一定要隨時隨地對每個人講這句話。

「御機嫌よう」

我試著在心中喃喃說道。感覺好奇怪，實在不是我的風格，而且我也不是很理解箇中意思。回到家後，我立刻拿出字典來查。

御機嫌よう＝與人碰面或分手時，祝福或祈願對方安好的寒暄用語，有您好與一路順風之意。

明明不是帶有特殊意義的用語，為什麼會有這麼特別的感覺呢？我有一種似懂非懂、無法釋然的心情。

到底該不該問候別人一聲「您好」著實讓我在心中產生了很大的糾葛，苦惱不已，即便只有短短一個晚上的時間而已。第二天早上，我在還沒能決定要採取什麼態度的情況下，學校就近在眼前了。在抵達校門前，一路上「您好」的聲音就不絕於耳。

高年級生和同年級生，還有警衛都在互相寒喧打招呼。目睹這個景象，我呆立在原地，這時我聽到不知是誰對我說了一聲「您好」。來不及猶豫，我發現自己已張口回了一聲「您好」。

就這樣，從這一天開始，我開始了隨時隨地都在說「您好」的生活。

對於不習慣的語言，在開始使用時會有一種難以言喻的害羞感，但是隨著時間過去，那種羞怯感就變成了一種習慣，接著很快就成了一種日常。嘗試使用過之後發現，這句「您好」竟然很不可思議地符合任何一種場合的需要，而且又是一句恰如其份地、給人高雅印象的方便用語。不知不覺中，我竟然總是率先開口對別人說這句話。

學習院裡還有其他各種頗具特色的規定，譬如「燙髮」。很多學校都禁止燙髮，但是在學習院裡，從就讀高等科開始，就可以燙髮了。聽說原因在於明治時代，曾經就讀學習院的女性皇親貴族們第一次到鹿鳴館❶露臉時，多半都會穿上洋裝，燙起頭髮。

開始懂得愛漂亮的中學三年級暑假，我懇求母親「我想燙頭髮」。沒想到，母親竟爽快答應了。當我因為要和家人一起出遊而必須向學校請幾天假時，母親毫不猶豫立刻在聯絡簿上幫我寫下了「親戚家有喪事」的理由。也不知道有多少親戚在我們每次要家族旅遊時就得過世。我自己對於對學校說謊一事是感到有點畏縮的，然而不知為何，母親對這種校規啦、死板的規定之類的事情卻很不在乎，說得好聽一點，她真是一個自由自在隨興的人。也許這跟母親身為老么，又在都市裡長大一事不無關係。

她不喜歡被某些事情給牽絆住。她甚至對我說：「既然要燙頭髮，為了將來可以戴上媽媽的耳環，就順便去穿個耳洞吧。」然後就陪我到竹下通去做了這些事。

暑假結束的時候，頭髮的捲度也消失得差不多了，我自認為應該不會有問題，便直接去上學，結果上游泳課時，頭髮一碰到水就恢復了捲度。我跟老師說「暑假要結束時就變成自然捲了」，老師當然不相信，結果我狠狠吃了老師一頓訓，真是有其母必有其女。

我是一個天下無敵的女高中生，推斷升上三年級之後會忙著升學，所以在二年級的某一天，我想趁還有機會的時候好好玩它一玩，便和朋友擬定了以當時來說算是相當大膽的計畫，那就是「到迪斯可舞廳去嘗鮮」。

計畫的內容是和他校聯誼的男孩子們結伴同行。

儘管步行者天國、竹筍族❷在外頭鬧得天翻地覆，對於待在一天到晚都不斷說

❶ 鹿鳴館，日本明治維新之後，在東京建蓋的一所類似於沙龍的會館，供改革西化後的達官貴族們聚會的風雅場所。

❷ 竹筍族，八〇年代時，穿著鮮艷色彩的衣服在東京、原宿的步行者天國跳舞的集團。

著「您好」的學校裡的我們來說，那根本就是個遙遠的世界。既然如此，至少也要到當時名聞遐邇的新宿紐約·紐約或澀谷的大蘋果等迪斯可舞廳去見識見識。對我們來說，迪斯可舞廳是一個只要經歷過就可以說是成為大人了的令人嚮往的地方。

那種場所絕對不是我可以堂而皇之跟母親說想去的地方。我需要擬定一個可以偷偷脫掉制服，換上適合去迪斯可舞廳衣服的縝密計畫。

我跟向來以有審美眼光出名的朋友借了看起來有成熟韻味的衣服。我請朋友連同飾品幫我搭配好，將整套衣服塞進袋子裡，放進學校指定使用的紙袋，和書包一起從家裡帶出去。藏在紙袋底部的洋裝就像定時炸彈，充滿了危機。我盡可能讓自己表現得一如往常，以免被識破手腳，就這樣離開了家。

現在回頭看當時所寫的日記，我是這樣描述自己行動的。

帶著事先準備好的便服和借來的洋裝去換衣服。

這一天，五點時，我將和大家一起去玩個痛快～。

我穿上白色的裙子、白色的鞋子、條紋附帽兜的直桶腰身毛衣 ＋粗藍布的襯衫，Y同學則是穿黑色的直桶毛衣配上黑色的裙子 ＋白色罩衫、黑色鞋子。

我第一次上迪斯可舞廳，不知道該做什麼，可是聯誼的男孩子都已經是識途老馬，很愉快地教我們該怎麼玩。

慢舞時段❸的景象讓我大吃一驚。四周幾十對男女面不改色的碰觸對方的手或腰。我愕然看著他們。

總而言之，這一天讓我的情緒high到了最高點，然而回到家時竟然已經十一點半了……。我無顏面見母親，因為覺得自己真的做得太過分了，所以下定決心，在暑假結束前要好好用功讀書。

因為第一次去迪斯可舞廳，情緒太亢奮了，平常只寫一頁的日記竟然寫了三頁之多。應該是太快樂了吧。可是，這個最興奮的日子隔天，卻讓我體會到一輩子都忘不了的後果。

隔天是星期天。因為前一天晚上太過亢奮，遲遲無法入睡，睡醒時已經接近中午

❸ 慢舞時段，迪斯可舞廳或派對上播放慢節奏的曲子，男男女女臉貼臉跳舞的時間。

時分了。我從二樓的房間下來，走到母親應該準備好午餐的一樓餐桌去。本來以為桌上會有食物，沒想到桌上只放著一個上頭寫著「小妙」的白色信封，卻沒看到母親的身影。因為做了虧心事，難免心虛，這下不用跟母親打照面豈不正中我下懷？我不禁鬆了一口氣。可是，相對的，我倒是很在意裝在白色信封裡的東西。我打開沒有黏上漿糊的信封，看到裡面有兩張母親寫的信紙。

給小妙

小妙，妳昨天的所作所為讓媽媽覺得很難過。因為第一次去迪斯可舞廳的興奮感，以及和朋友們的快意暢談，使得妳樂不思蜀，這樣的心情媽媽能夠體會。對於妳晚歸一事，媽媽不想多說什麼，我針對的是妳事前計畫和朋友出遊，準備了便服和鞋子，知道自己將會晚歸，卻事到臨頭才從外頭打電話回來企圖獲得媽媽的諒解。

如果媽媽說「不行，立刻給我回來」，妳就會立刻乖乖回家嗎？請好好想想妳一直以來的行為。妳的行事作風並不是在徵詢媽媽的同意之後才採取行動的，妳總是按照自己的想法採取行動之後，惹得媽媽生氣，或是確信在不會被媽媽叨唸的範圍內才向媽媽報告，以取得諒解的。

這是讓媽媽覺得很落寞的一件事。如果妳沒有自覺理虧，那麼應該就可以抬頭挺胸，光明正大對媽媽說才對。

媽媽自信自己並不是一個凡事只會說「No」的母親。但是小妙，唯有這件事請妳牢牢記住。在妳二十歲之前，妳都是父母親的責任，我必須照顧妳，直到妳長大成人為止。我認為這是媽媽的責任。

我覺得這是媽媽對過世的爸爸給了媽媽一個最大的禮物的唯一回報。

小妙，請妳成為一個絕對不會對媽媽說謊的孩子。

二十歲之後，妳可以基於自己本身的判斷和責任去做任何事。希望妳能成為一個可以用自己頭腦去判斷事情的善惡，然後採取正確行動的人。

媽媽筆

一切都被看穿了。

仔細想想，媽媽鮮少責罵我，我只有在說謊的時候才會吃媽媽的排頭，而且她都避免當面數落我，一定都是透過書信。

我認為「責怪」和「生氣」是不同的。學生時代，被老師責怪過；出社會之後，被上司責怪過；演戲時被導演責怪過。這些情況都是因為我出了某些錯誤，或者尚有改進的地方才會遭到責怪，跟惹人生氣在某些地方是不一樣的。

簡單說來，帶著愛的責罵是責怪，否則就算是生氣。這是我的想法。

我發現到，母親責怪我的信裡面充滿了為我著想的滿滿的愛。

我失去了父親，緊接著又失去了母親，以後再也沒有人會寫信責怪我了。年紀都已經一把，現在才感到無比的寂寥。好想有個人可以來責怪我。

當時唸完信，我在家中四處尋找母親的身影，可是卻始終找不到人。也許是到附近去買午餐了。我到離家最近的車站和母親經常去的市場去碰運氣，卻怎麼都不見她的身影。我不知道該怎麼辦，心想待會兒母親會不會剛好經過，便在公園裡等著，打發時間。此時對我來說，一分鐘就像一個小時那般漫長。

母親是跑到哪兒去了呢？在無可奈何之下，我只好回家去。打開玄關門時，我頓時愣住了。家中瀰漫著米飯的香味。

是粥！一定是粥。

來不及說什麼，我的身體先有了反應，我跑向廚房。母親轉過頭來看著我，不發一語，遞給我一個碗。就好像早算準了，我跑出去找她找累了，才剛剛拖著腳步回來一樣，碗裡面盛著剛煮好的純白色米粥。

母女兩人什麼話都沒說，然而我看著盛在碗裡的粥，再看看母親的臉，一切又都回歸到了平常。

現在想起，母親是為了讓「非日常」的問題回歸到「日常」，而刻意為我熬煮米粥的。吃過粥之後，從此母親對迪斯可一事絕口不提。

第一次嘗試熬煮母親看似三兩下就可以煮好的粥時才發現，米粒會完全吸光水分，結果粥就變得像是糊紙門用的漿糊一樣濃稠。

我從失敗當中學習，盡可能多放些水，結果這次熬煮出來的成果是，米粒可憐兮兮的在水中飄游，要撈起米粒就好像在尋找不慎掉落在浴缸裡的耳環一樣，早讓人失去了胃口。

我曾經四處向認識的臺灣人打聽米粥的煮法。調理法因人而有些微的差異，但是眾人的共通點有二：一是米粒要先洗過，然後用篩子撈起，靜置三十分鐘以上；二是熬煮時，米粒一定要放進煮沸的水中烹煮。

我在清朝學者袁枚所寫的著名食譜《隨園食單》中找到關於粥的記述。

見水不見米，非粥也；見米不見水，非粥也。必使水米融洽，柔膩如一，而後謂之粥。尹文端公❹曰：「寧人等粥，毋粥等人。」此真名言。

本來我以為煮粥就只要把米飯丟進盛了水的鍋子中，然後打開爐火就可以了。沒想到，想要煮出避免像漿糊一樣濃稠，又不像清水那般稀淡，黏度適中的粥就要細心注意攪拌的方法，小心翼翼調整火候大小。

此外，即便遵照這些程序來熬煮，如果沒有在剛煮好時食用，粥的美味就會大打折扣。粥這種料理是一定要把吃粥人的時間給考慮進去才能做出來的。

在母親過世後，我才終於發現到煮粥的箇中奧義。

母親通常都是懷著什麼樣的心情在煮粥呢？是抱著什麼樣的情感在熬煮的呢？

可是，如果我若無其事的問她這個問題——

❹ 尹文端公，尹繼善（一六九五—一七七一年），清朝官員。

「我什麼都沒想啊。」

我覺得她可能會這樣回答。

回憶中的食譜：鹹蜆仔

說到臺灣的開胃菜或下酒菜的代表性料理，一般都會先提到這道料理。也許因為我有個會喝酒的父親，這道料理也經常出現在我們家餐桌上，而且只要一開始吃，就難以停口。

母親經常用臺語發音說「ㄍㄧˋㄢㄌㄚˋ」，所以我不知道中文要怎麼說。蛤蜊的鮮味和大蒜、紅辣椒的嗆味十分搭配，每次都讓人欲罷不能而吃太多，然後就覺得口很渴。隔天，全家人的手指頭都會散發出濃濃的大蒜味。

〇材料（4人份）

蛤蜊（大小適中即可）約1公斤

大蒜　7～8片

紅辣椒　1～2根

生薑　1～2片（隨個人喜好，不放也可）
醬油（適量）

◯作法

先靜置蛤蜊讓它充分吐沙，然後瀝乾水分，再靜置20～30分鐘。

1. 將蛤蜊放進鍋子裡，加入熱水2～3次，使蛤蜊張口（觀察狀況，控制在半熟狀態）然後舀起1次份的熱水冷卻（內含蛤蜊的鮮味）
2. 將1中冷卻的湯汁和蛤蜊、醬油、大蒜、紅辣椒、生薑一起放進容器中，放入冰箱靜置4小時以上，讓味道充分滲透

母親留下來的食譜內容相當粗淺，幾乎沒有關於材料的份量或幾人份之類的記述。一方面可能是母親的個性一向大而化之，再則或許她認為這些食譜純粹只是留著自己用而已。但是，光靠母親食譜裡的內容是做不出一道料理的，所以「回憶中的食譜」是我設定為四人份，重新查過資料後所寫下來的內容。

旅行時的便當

一九八〇年代前半，我們一家人曾經從臺灣的臺北車站搭上一大早的火車，前往位於東海岸的花蓮縣旅遊。

說到花蓮的觀光勝地，那當然要數斷崖絕壁聳立的清水斷崖，和以奇岩怪石聞名的太魯閣溪谷了。

「載著我們一路往前飛奔的列車穿過山間，一眼就可以望見浮在雄偉而遼闊的海岸線上的夕陽。列車上的人們都很親切……」

說真的，我很想這樣鉅細靡遺記錄下過程，然而，當時還只是小學生的我幾乎沒有留下什麼回憶。我只記得發生在列車上的事情。

外出旅行時，母親一定會在紙袋中準備好塑膠的手工嘔吐袋。

我的三半規管天生就比較差，不管搭乘什麼交通工具，馬上都會覺得不舒服，把周圍的人搞得人仰馬翻。以防萬一時所使用的袋子，至今依然是我外出時的必需品。

就地形來說，臺灣國土的南北有高山縱走，要直接往來於東西方是相當困難的一件事。要前往花蓮，就要按照順時鐘的方向，從北方繞過臺灣的海岸線移動，所以相當耗費時間。再加上在險峻斷崖上行駛的列車搖晃得非常厲害，在移動當中實在很難享受旅遊的樂趣。

我從早上出發後就一直處於迷迷糊糊的狀態，唯一能夠恢復精神的時段就只有母親遞給我微溫的「臺鐵便當」的中午時分。

「臺鐵便當」是臺灣的車站便當之一。對我來說，臺灣鐵道之旅的極致樂趣，就是享用火車便當。

每個主要的車站都有販售火車便當，但並不像日本的車站便當那麼具有強烈的地方色彩，基本的款式就是在米飯上舖主菜和一顆蛋、一片豆乾和蘿蔔乾，只有一些車站會在主菜和配菜上稍做變化。

初期的臺鐵便當是裝在鋁製的便當盒裡銷售，但是回收率太差，成本太高，因此現在都改用木盒或紙盒。

特別有名的火車便當有三種。新北市福隆車站所販賣的「福隆便當」多半用豬肉做主菜，配菜則放了香腸、高麗菜、芥菜。臺東縣池上車站所販賣的「池上便當」則裝了彈性十足，黏度適中，號稱臺灣最好吃的「池上米」，上頭擺有滷雞腿。前往知名觀光景點阿里山的途中，有奮起湖車站販售的「奮起湖便當」，裡頭有很多菜，特色是放有雞腿及沾了紅麴的炸排骨，以及山蔬。

想吃鐵路便當，就得在列車停靠在有販售便當的車站之前，事先在車廂內準備好錢，趁著短暫的停靠時間，快速逮住在月台上叫賣的小販。

當時吃的主菜是一種稱為「排骨」的帶骨豬肉。作法是把巴掌大小的「排骨」先用醬油和大蒜製成的醬汁醃漬，再裹上一層薄薄的油炸粉油炸，之後再放在米飯上。配菜只有滷蛋和高麗菜、胡蘿蔔等少量的蔬菜和酸菜。雖然很簡單，可是卻美味極了。

鐵路便當之所以用了大量經過調味和油炸的食材，可能是考量到臺灣地處亞熱帶，希望用這種烹調方式可以不傷害到食材。類似「臺鐵便當」的便當在一般的街上也買得到，然而或許是特別的空間感使然，在列車上吃到的「臺鐵便當」，很不可思議的，特別能夠挑起人們的食欲，連瘦小又吃不多的我也可以吃得比平常多，這著實讓母親大喜過望。

至於飲料則是在車廂內用熱水沖泡自己帶來的放在水壺中的茶葉。大部分的乘客都是這樣一邊喝茶一邊吃「臺鐵便當」，所以說到小時候在臺灣的鐵道之旅，印象中就是在用餐時間裡，車廂內總是充滿了便當的「排骨」和茶的香味。

最近，隔了多年之後，我有機會在臺灣來一趟列車之旅。初夏的某一天，我搭上臺北發車，名為「自強號」的特快車。

所謂的「自強號」是源自一九七一年，臺灣的中華民國政府退出聯合國之際，蔣介石所喊出的口號「莊敬自強，處變不驚」。臺灣特快車的名稱很有趣，除了「自強號」，還有「復興號」、「莒光號」等，同樣都是取自蔣介石的訓詞，是政治味極為濃厚的命名。我相信一定有人覺得這樣的名稱很詭異，不過我倒認為以飛奔行駛的特快車的名字來說，也沒什麼不好。

但是，說是特快車，感覺上就像日本的地方線一樣，似乎並沒有特別快。車廂裡的座椅，讓人有種彈簧在屁股底下噗噗噗「主張自我」的感覺，與其說是鬆軟感，不如說是一種裡面根本什麼填充物都沒有的乾澀感。

或許因為是平日，乘客很少，我一個人獨占了兩個座位。

雖然距離中午還有一段時間，但因為擔心在臺北車站買的「臺鐵便當」變冷了，我趕緊拿出來吃。用橡皮筋固定住的，沒有隔板的紙盒依然有著舊時的風貌。打開蓋子一瞧，排骨、滷蛋和酸菜也跟以前一樣橫躺在米飯上，只覺得排骨小了很多。明明是同樣的東西，卻有不同的感受，是因為印象隨著年齡的增長而有所改變嗎？小時候看起來比自己手掌還要大的排骨，現在看起來卻是那麼可愛，感覺上再多吃一塊也不成問題。

便當的味道也跟以前一樣，非常好吃。滷蛋的味道更是一絕，連蛋黃都滷得很透徹，好吃到覺得一口吃下它有點太可惜了。連平常最不擅和無味的白米飯打交道的我，也因為從排骨滲出來的汁和油的調味，不消多時，就把米飯一掃而光。

我每年會和交情很好的中學、高中同學碰一次面。就算平常鮮少聯絡，一見了面還是有說不完的話，一眨眼，時間就飛逝了。

談話的內容不拘，最令人感到情緒高漲的部分還是學生時代的故事。

校外旅行時一夜不睡被逮個正著，一夥人一起被罰坐在飯店的走廊上；在靠海的學校長泳，最後累得不成人形；提早離校，跑去看日本棒球比賽；在籃球比賽中，和有暴牙的對方選手撞個正著，被對方的牙齒劃破了臉頰。

每一件事都是讓大家笑得樂不可支的回憶。

而且一如往常，「小妙的便當」總是會成為眾人談論的話題。

「小妙的便當真的是與眾不同呢。」

「就是說嘛。沒看過那種便當。」

即便經過了二十年，我的便當仍然鮮明地留在同學們的記憶中。我當時到底帶了什麼樣的便當啊？

我出生後六個月就遠渡重洋到臺灣，在臺灣待了大約十一年。母親特地為我做的第一個真正的便當是要就讀臺灣的小學時帶去學校的便當。

臺灣的便當文化普遍受到日本殖民時代的影響。走在街上，沿路到處都是「便當」的招牌。聽說「臺鐵便當」也是來自日本的車站便當。「便當」一詞起源於中國南宋時期的俗語，意思是「便利的東西」、「方便」，後來這個單字傳進日本，成了吃飯的「便當」。

關於便當，看遍全世界，我有了一個相當有意思的發現。

不以米飯為主食的國家，便當內容多半都很簡單素淨，譬如三明治或漢堡、蔬菜棒還有餅乾、蘋果等。

以米飯為主食的亞洲圈，除了日本，都不習慣吃冷飯，攤販之類的外食文化高度發展，人們多半會在當場吃著保持溫熱、剛煮好的飯食。

可是在日本，「便當」的習慣自古以來就根深蒂固了。也許是日本的米飯在冷卻後依然美味無比的關係吧。在下過許多工夫後，不但米飯外表看起來美觀，放冷後也依然可口，不會出水，不易損傷，同時還考慮到了配菜的搭配和營養的均衡。最近甚至出現了以動畫人物為主題的「角色便當」、裝點得很漂亮的「裝飾便當」，形成了足以向全世界誇耀的日本飲食文化「BENTO」。

也就是說，站在全世界的角度來看，理所當然在日本銷售的便當是相當稀有，也是讓人羡慕的食物。

在臺灣，便當的形式都與將所有配菜擺放在米飯上的「臺鐵便當」相同。在臺灣時，母親做的便當也是在便當盒的底部鋪上一層米飯，上頭再鋪上配菜的基本款式，但是配菜每天都不一樣，種類相當豐富。蔬菜、肉、魚各占一小個區塊，共享共存，不像日本的便當，會將配菜區隔開來，所以配菜的醬汁都滲進米飯，結果味道都混在一起，適度的為白飯調了些味道，也讓白飯吃起來變軟了。

小時候，臺灣的學校規定學生帶到學校去的便當盒必須符合三個必備條件。

第一，要使用鋁的材質。在臺灣，一到學校就要先把便當交給校方保管，用以鍋爐加熱的保溫箱來保溫。塑膠製的東西遇高溫會融化，所以一定得是金屬製的。

第二，形狀必須是四方型的。教室前面擺放著兩個大小一如蘋果箱的鋁箱，學生一到學校，第一件事就是把從家裡帶來的便當盒放到那個箱子裡。如果便當盒是橢圓型的，箱子裡不好收納，所以四方型的便當盒自然而然就成了主流。

最後第三個條件是要有包裝。班上有負責抬便當的值日生。值日生要負責把裝了班上所有同學便當的鋁箱搬到加熱便當的鍋爐室去。因為箱子很重，在搬運的過程中，可能會不小心摔落，如果沒有包裝好，便當盒蓋會打開，食物會散落一地。

為了要符合這三種條件，結果大家的便當盒外觀幾乎都沒什麼差異。所以我們會把像「狗牌」一樣，登記了學籍號碼的牌子用細繩穿好固定，以做為區隔。這個便當牌在入學時就會分發給所有學生。

便當的主菜多半是用醬油熬滷的雞腿或豬肉、炸鱈魚等營養滿分，而且又很具份量的菜色。配菜則有空心菜或青江菜、高麗菜、絲瓜、地瓜葉等炒蔬菜，另外還會有小黃瓜或榨菜之類的醃漬物。如果還有空間，也會放入鳳梨或香蕉之類的水果。

母親做的便當都很可口，我總是吃得一口不剩，但是只有一次，便當讓我感到又悲痛又難過。

事情發生在從鐵道之旅回來後不久。平常吃得不多的我在列車行進中，幾乎把整個「臺鐵便當」都給吃光了，或許是從中得到了啟發，母親便買了「臺鐵便當」，將內容物原封不動的移到便當盒裡去。

我一如往常想要打開溫熱的便當蓋子，可是卻怎麼都打不開。我覺得很奇怪，便試著敲敲盒角、搖晃盒身，可是還是一樣。無可奈何下，我只好請老師幫我開，結果，隨著冒出來的白色熱氣溢出的是一塊大得看不到米飯的排骨。

把臺鐵便當的全部內容物都塞進小小的便當盒很明顯是超量了。因為塞得太滿，加溫又冷卻後，裡面的壓力銳減，便呈現真空狀態，以至於打不開蓋子。

老師和同學們都很羨慕我的便當份量百分百，但是我心中卻五味雜陳。因為學校規定要把便當都吃光，沒有吃完的人得面臨兩個嚴苛的選擇。

一個選擇是利用午睡時間和放學後的時間把便當吃完；另一個選擇是，放棄吃便當，讓老師用竹棍打手，以示懲罰。這兩種選擇我都不喜歡。

可是，不管我怎麼吃，便當盒裡的東西都沒有減少。即便腦海中想著愉快的旅行，我還是覺得米飯吸飽了湯汁之後好像膨漲了起來，感覺似乎變更多了。我完全沒了食欲，甚至產生了「我絕對吃不完的」的想法。飯菜整個都冷了，我再怎麼努力挖，都見不到便當盒的底，眼看著午睡的時間就快要結束了。

再這樣下去，我不是得在放學後繼續和便當奮鬥，要不就是死了心，伸出手心受罰。我為了這終極的選擇而苦惱不已，然而，我盤算著終究是沒辦法吃完，便宣布放棄。

忍著被打之後的劇痛，我心中不禁恨起母親來。

「都是媽媽害的，我最討厭媽媽了。」

這是我回到家之後說的第一句話。

我把在學校挨打一事告訴了母親，母親臉上半帶著笑意道歉：「啊，對不起對不起，真是辛苦妳了。份量太多了哦？」這讓我看了更火大。

我是抱著必死的決心努力和便當奮鬥，而且是懷著一決生死的覺悟接受懲罰的，妳怎麼可以講這種話？

我在心中發誓，絕對不再吃這種癟。之後每次出門前，我都一定會先確認一下母親做的便當，要是覺得份量太多，就會要求母親減量。

我進日本的中學就讀時，最先帶的便當就是這種臺灣式的便當。也就是米飯鋪滿了整個便當盒，上面再放配菜。

我為學校沒有為學生溫熱便當一事感到驚訝，相對的，朋友也為我奇特的便當感到訝異。

充滿無機質色彩的鋁製便當盒本身就很顯眼，裡面填裝的東西更讓人側目。大家都聚集到我周圍來。眾人帶著冷冷的視線，遠遠看著放在我桌上的奇怪便當。

當天的便當內容是，米飯上鋪了一層炒菠菜，而且很恰巧的，又放了讓我想起那可恨回憶的排骨，另外還有半個煮蛋，旁邊則塞了個奇異果。

便當裡面又沒有鵝肝或魚子醬之類昂貴的菜色，為什麼會如此引人注意呢？我自己完全無法理解這種狀況，甚至愕然環視著四周的同學。

朋友們的便當都是塑膠製的便當盒，上頭有著米老鼠或卡通影片中的女孩子朝我盈盈微笑。便當盒裡面用隔板區隔開來，一邊放著撒了海苔或芝麻的白米飯，另一邊則整齊塞著黃色的炒蛋、紅色的香腸、綠色的蘆筍及燉肉等配菜。

如果他們的便當叫便當，那麼我所帶來的東西根本不算便當，反而比較像是隨便弄出來給貓吃的東西。

我想逃離眾人詫異的目光，遂加快速度猛吃，可是變冷的飯菜已經失去了美味，只覺得花了好長的時間才吃完。而當我想吃飯後甜點時，又再度感受到了朋友冰冷的視線。

我抬頭一看，只見大部分的人除了帶主要的便當盒，還會帶一個小容器，裡面優雅的擺放著蘋果或奇異果、鳳梨等水果。可是，我的奇異果卻跟配菜擠在一起。

「沒有加熱的臺灣式米飯吃起來的美味少了一半。」

回到家我便懇求母親，請她幫我改做日式的、重視外觀的便當。

隔天起，白米飯旁邊有著用小格子明確區隔開來的炒蛋，還有牛蒡、蘆筍牛肉捲及小番茄，水果也用別的容器盛裝。我就帶著這樣的便當去上學。

我很高興如此一來就可以和大家融為一體了，但是，日式的便當實在不怎麼可口。因為飯菜分隔，沒辦法放很多配菜進去。我本來就不喜歡吃沒有味道的白飯，而冷掉的飯會變得更硬，也越發變得難吃。母親為我下了很多工夫，希望至少能讓米飯有些味道，譬如用炒飯代替白飯，或者將調味料和米飯混在一起，好讓白飯有些許味道，但是卻依舊遠不及在臺灣吃到的便當味道。

於是，在不知不覺中，我的便當又回到配菜放在米飯上的模式。朋友們也不再為我的豬腳或排骨放在米飯上一事感到驚訝了。也許是大家都免疫了吧。

升上高中後，課本的數量增加，書包的重量漸漸變重了，於是我開始思考上學時如何減少書包的內容物。如果用鋁鉑紙包三明治，或者用紙巾包裹飯糰，吃完後，就沒有東西需要放回書包裡。如果是帶便當盒，就改用折疊式的。

某一天，便當盒裡必須裝進湯汁較多的菜色，此時，我打算放棄帶放了甜點的小容器，便要求母親。

「在米飯上鋪保鮮膜，一起放進去吧。」

母親一度拒絕「這樣不是很奇怪嗎？」但最後還是拗不過我的堅持，只好勉強照我的話做。

到了學校，打開便當蓋一看，只見米飯上隔著一層保鮮膜擺放著巧克力和美國櫻桃。

要吃便當時，只要將整層保鮮膜掀起來就好。我自認想出了一個劃時代的創意，遂向朋友獻寶，沒想到得到的回應是：「小妙的便當果然與眾不同。」

結婚之後，時而會幫先生做便當。如果是自己的便當，我會用前一天晚上的剩飯剩菜或不需要費什麼工夫的東西湊和湊和就好，可是，若要為最親密的伴侶準備便當，那可就不能這麼隨便了。

儘量放他喜歡吃的東西吧。不要光是吃肉，也得準備一些蔬菜。打開便當蓋時，看到繽紛的色彩也許會比較有食欲。調味是否恰當，以免飯菜冷了，連味道也跟著打折。同時，我也想幫他準備一些甜點。

看著便當時，吃那個便當的人的臉也會跟著浮上腦海。我希望能給他快樂，希望他能吃得津津有味，希望他吃得健康。回過神來時發現，自己很自然的全心在為對方著想。

如果先生帶回來的便當盒裡還有剩菜剩飯，我就會苦惱是不是不合他的口味？是不是身體哪裡不舒服？

從我進小學一直到高中畢業的這十二年間，連同妹妹的份在內，母親每天早上都早早起床為我們準備便當，一直到她過世之前，總共長達十六年的時間。雖然有時候會抱怨很麻煩，但是只要我回她一句「那就不要準備了」，她就又會露出有點落寞的表情。

母親一直把希望女兒們吃得開心的心願以及滿懷的愛意裝填進小盒子裡。一直到了這把年紀，我才發現自己從來就沒有對母親說過任何感謝的話，一顆心不禁隱隱作痛。

外國人妻

秋田的煙燻醃漬物、長野的野澤菜❶、京都的薄切醃蕪菁，還有北海道的醃海帶魷魚乾。

醃漬物在我們家是非常受歡迎的食物，對日本全國各地所販賣的名產我們幾乎是如數家珍，冰箱裡經常都備有包括梅乾在內的二～三種醃漬物。父親最喜歡吃母親為他準備的下酒菜，就是用米糠醃漬的小黃瓜或蕪菁；母親則喜歡醃瓜或紅麴醃蘿蔔等用酒粕所醃製的小菜；我跟妹妹則是只要有白蘿蔔和小黃瓜的醃漬物，不論多少都會吃光光。我們家真可謂是醃漬物一家。

長大後，我跟妹妹在回家時都會順道去便利商店買醃漬物，有好幾次我們都像事先說好了似的，買回了一樣的小黃瓜醃漬物。

對了，在臺灣，醃漬物叫「醃菜」。「醃」這個字的意思就是醃漬物。在臺灣，大家在日常生活中也常吃用砂糖、鹽、醋、辣椒、味噌、醬油等調味料醃漬而成的醃漬物。只是相對於日本直接將醃漬物拿來食用，在臺灣，人們多半是把醃漬物當做調味料使用，經常會用來熬煮或熱炒肉、魚以及蔬菜。

在臺灣的市場，就如京都的錦市場❷一樣，販賣醃漬物的店家櫛比鱗次，店頭的陳列架上擺滿了裝有各種醃漬物的甕或瓶子，老闆會按照客人的需求，秤斤論兩賣。另一方面，在一般家庭的餐桌上也經常會出現用小黃瓜或白蘿蔔、胡蘿蔔等蔬菜就可以簡單製作出日本俗稱的「淺醃菜」。

和日本淺醃菜不同的地方是，在製造的過程中，除了用鹽，還會加上大蒜或生薑、辣椒、麻油等來提香。如果說日本的淺醃菜是比較醇厚的醃漬物，那麼臺灣的醃漬物就是可以刺激食欲、帶點辣味的逸品，所以又稱為「開胃菜」。此外，因為一般都盛在小盤子裡，所以也被稱為「小菜」。

在臺灣生活的那段期間，母親經常端上餐桌的就是從日本帶來的，以米糠為基底的醃漬米糠醃菜，以及臺灣式的淺醃菜「涼拌小黃瓜」。

涼拌小黃瓜是將小黃瓜切片，用刀背敲碎，再加上大蒜、紅辣椒、鹽巴、麻油、醋、胡椒等調味料和在一起製作。作法很簡單，卻有著道地的臺灣味。臺灣的「小菜」一般不管是在高級餐廳或者大街小巷的小吃店裡，都會擺放在小菜專用的架子上，顧客以自助的方式拿取自己喜歡吃的菜色，最後再一起結帳。

❶ 野澤菜，油菜科的一種。
❷ 錦市場，京都的一條商店街，多販賣魚、京都蔬菜等生鮮食材、乾貨、醃菜等，有「京都廚房」之稱。

說到臺灣小菜的代表，當推豆乾（去掉水分的豆腐拌炒豆豉）、用大蒜和麻油涼拌切成細長狀的海帶芽嫩莖，以及熬煮苦瓜等。而任何一家店都有、上架率最高的則是這道「涼拌小黃瓜」。我們家人外食時經常都會吃這道小菜。

因為涼拌小黃瓜在日常生活中太常食用了，所以以前都不會特別留意，直到最近我才知道，對母親而言，這道菜有著她無窮回憶的插曲。

父親是家中的長子，最疼愛父親的便是祖母，而父親也對祖母有著深深的孺慕之情。

在父親五十六年的人生中，他和祖母共度的時間還不到十年。因為父親十歲時就遠渡重洋到日本，之後有大半時間都在日本度過。但是，對祖母而言，父親是她的第一個孩子，後來雖然又生了十一個孩子，但總是掛念著在日本生活的父親。然而，她寄到日本的信，不只是給父親，也寫給了母親，可以看出她對母親的用心和體貼。祖母的信上這樣寫著：

和枝小姐

收到妳的來信和小妙第一次到神社❸參拜的相片了。

再次說聲恭喜了。小妙一天比一天可愛，看起來是個非常有活力的健康孩子，真是讓人無比欣慰。第一次到神社參拜所拍的相片真的好漂亮。家裡這邊看到相片的人莫不連聲讚嘆好可愛的孩子。

這是妳的第一胎，也是第一次扶養孩子，一定忙壞了吧？但是，養育孩子有很多的樂趣，孩子會一天一天長大，一天比一天可愛，這就足堪告慰為人父母的辛苦了。

我引頸期盼你們一家三口能夠早一點回到這裡來，和大家一起生活。

東京即將進入寒冬，要注意保重身體。

代我向惠民問好。

謹啟

❸日本人的習俗，會在男孩出生第三十二天，女孩出生第三十三天時帶去參拜氏神，現今則多是帶去附近有名的神社參拜。

這是我出生之後兩個月的一九七〇年十一月二十六日的信。第一次去神社參拜的相片中，我被穿著奶油色和服的母親抱在懷裡，睡得十分香甜。母親喜孜孜面露微笑，拍得十分漂亮。祖母不斷安慰因為第一次生產而感到惶惶不安的母親，很為她擔心。有這樣一個關心外國媳婦的婆婆，母親一定就像吃了定心丸一樣。

祖母過世後，母親曾經很落寞的說：「爸爸有戀母情結呢。」

戰爭結束之後，父親無法再待在日本，便回到臺灣。但是，他過不慣在臺灣的生活，便透過偷渡的管道，再度回到日本。聽說父親之所以做得出這種非比尋常的事，也是有祖母從旁協助的緣故。之後，祖父雖多次催促父親趕快回臺灣，但是，也都是祖母一直勸說，才讓父親得以繼續待在日本。

對父親來說，祖母一定是個特別的存在吧。

祖母是接受日本教育的世代，所以日語說得跟日本人一樣好。聽說她在學校裡是最美的美人，而且又是個才女。事實上，我看過她年輕時拍的相片，真的是一個不輸給奧黛麗·赫本的美女。但是，對我來說，祖母給我的印象只有身染重病，鮮少外出，老是穿著睡衣的模樣。我只清楚記得祖母的手指頭細得像要折斷般，白得通透的肌膚底下浮著青色的血管。

我在書本開頭介紹過的劉太太曾經告訴我一段插曲。我出生兩年後的春節，母親做了「涼拌小黃瓜」。祖父吃了一口之後說：「這不像日本人的味道啊。」便一邊盈盈笑著，一邊將涼拌小黃瓜給吃個精光。

回家的時候，祖母對母親說：

「和枝小姐，真是辛苦妳了。阿民（父親的名字）就拜託妳了。」

一開始，由於風俗習慣的差異和思想的不同，母親動不動就會覺得無端受到傷害——臺灣人就算沒有惡意，但是卻會因母親是日本人而說三道四，使母親感覺很受傷而失去自信。

可是，因為祖母的這句話，讓壓在母親肩頭上的「外國人妻」的重擔倏地減輕了不少，甚至產生了「今後不會有問題的」的自信。這是母親親口告訴我的。

在臺灣甚至勇猛到可以用中文跟人家殺價，充滿了自信的母親到底是對什麼沒有信心呢？

我試著向母親在臺灣生活時認識的人打聽母親的種種，大家都異口同聲說：「她隨時隨地都笑盈盈的，非常努力哦。」只有一個人除外，那就是在戰後不久便和臺灣人結婚，移居到臺灣的母親的好朋友惠美。

惠美女士和父親一樣，出生於一九二八年。就是她幫母親製作了結婚時所穿的禮服，她的婆家和父親是遠房親戚，所以也算是親戚。她和母親小時候經常碰面，後來疏遠了一陣子，一直到幾十年後才又重逢。

母親出生的隔年，也就是戰爭結束時，惠美女士和臺灣人一起從日本搭上撤退的船隻來臺灣。光聽到這段過往，我就覺得心頭好像壓著一塊重石般。

她告訴我，當時日本軍人一再告誡他們「想回頭就趁現在，一旦開航了，就再也不能回日本了。」

當時臺灣的生活比戰後一片混亂的日本還要辛苦，每天都得燒柴做飯，把水裝進水桶裡，沾水來擦拭身體。臺灣的生活簡直是無止境的辛勞。儘管如此，能夠和摯愛的丈夫在一起就是一件最快樂的事，人們根本無暇流淚，只是咬著牙拚了命活下去。

身為同樣嫁為臺灣婦的日本人，除了理所當然是人生路上的前輩，加上又住在附近，惠美女士就成了母親傾吐心聲的對象。

惠美女士都跟母親聊些什麼事呢？應該是講丈夫的壞話或閒聊，有時候或許還會發些牢騷。

我試著問惠美女士，結果得到一個讓我感到很意外的答案。

「妳的母親老是在哭呢。」

一時間，我很難相信這件事，因為個性開朗的母親應該不會這樣。

可是惠美女士斬釘截鐵的反覆說道：

「我唯一的印象就是令堂老是在哭。」

母親在二十五歲前就隻身來到全然陌生的臺灣，在臺灣的生活一定比想像中還要辛苦。雖然不是皇太子和雅子妃，但是既然和身為名門長子的父親結婚，來自父親家族的沉重壓力一定也非同小可吧。

而最讓母親感到苦惱的應該是父親會突然無預警的蟄居在家，足不出戶。父親每年總會有那麼一段時期會將自己的房間上鎖，中斷與外界的聯絡，連一步都不跨出家門，這樣的情況會有好幾次。在我的記憶中，時間長時達數月之久，短則幾天，而在那段期間，他的三餐總是放在盤子上，由門的下方送進去。

隔著門問他蟄居的理由，父親也不發一語。母親的心情一定為此而擺盪不已吧。

雖然年紀不同，但是母親和惠美女士的境遇非常類似，也許就是因為這樣，母親在她面前才能率直表露自己的心情。

惠美女士能說一口不輸臺灣人的流利臺語。她絕口不提回日本的事，只是微笑著說：「我三不五時會到日本去旅行呢。」

因為臺灣是我的故鄉——惠美女士這樣說。我覺得，她比我本來認為已經夠堅強的母親更堅強。

惠美女士家擺了一台保固期限快到期的鋼琴。不知道為什麼，我覺得那台鋼琴讓我充滿了懷念的感覺，不自覺定定地看著它。於是惠美女士告訴我，那是我在臺灣時曾彈過的鋼琴。

當我們從臺灣轉移生活據點到日本時，母親把我的鋼琴和繪本都留給了惠美女士的女兒。我很感激經過了將近二十年的歲月，她們仍然小心翼翼的使用那台鋼琴。

也許是祖母的一番話減少了母親的眼淚吧。之後不久，祖母辭世了。母親說，在祖母的葬禮上，她第一次看到父親落淚。又過了一陣子，祖父也過世了，但是父親在祖父的葬禮上卻連一滴眼淚也沒掉。也許就如母親所說，父親是有戀母情結的。

隨著祖母過世而產生遺產繼承的問題時，我經歷了一次意義深長的體驗。

臺灣人有強烈的長子主義，長子的權威是絕對不容置疑的。相對的，身為背負一族命運的家長的責任也格外沉重。譬如在分配財產時，如果每個人可以繼承的土地、有價證券、車子等是一，那麼，長子就有權利拿到雙倍的份，也就是可以拿到二。而長子因為拿到比較多的遺產，所以就有照顧弟弟和妹妹們的義務。

然而，不知是父親人太好了，或者是不想背負身為長子的重責大任，在祖母過世後，家人在分配財產時，他提議將全部的財產分為十二等分，以抽籤的方式來分配。對其他的弟妹們來說，這是求之不得的事情，所以好像大家都舉雙手贊成。

一家人聚集在祖父母所住的兩層樓建築的西式洋房的一樓，父親手上握著裁剪成長方形、上頭寫著一到十二的數字紙條。當時我還是個國小四年級的學生，但是也以身為顏家的一員，出席了這場決定命運的抽籤儀式。

我不知道財產是以什麼樣的標準來分配的，只知道除了現金，衣服、裝飾品、書物、圖畫等物品被分裝為十二套組合，每個組合都配有一個號碼，抽籤儀式於焉開始。

很多有孩子的家人都派孩子，只有夫妻兩人的家人則多推派妻子做代表，從父親的手上抽出一支籤。我也代表家人抽籤，心中祈願著——讓我抽到一支最好的籤，可是母親卻對我說：「留下來最後一支籤就是我們家的，妳不用抽。」讓我沮喪不已。

隨著最後留下來的籤號，我們家所獲得的祖母遺物大多是裝飾在本家的掛軸和中國書畫，另外還有古董手表、可愛的深紅色紅寶石戒指，以及保固期限快到期的珍珠飾品。

別人挑剩的東西就是福嗎？充滿好奇心的我很想徹底檢視其他人抽到的東西是什麼，可是大人當然不可能允許孩子這樣做，父親曉諭我：「就當我們得到的是最好的東西。」

可是，我是一個很現實的孩子，我堅信「別人挑剩的東西是沒有福氣的」。因為，送到我們家來的掛軸和書畫很多是從曾祖父之前就在顏家的。也許是沒有好好保養，都長出了黴菌，塗料也剝落了，摺痕也非常明顯。手表則不會走動，珍珠也略微泛黃了。

這些東西都是連無法分辨物品真正價值的我也知道值不了幾文錢的物品。可是，母親還是把大部分的東西都帶到專門店去請託修理，掛軸則修改成扁額式的，花了不少錢，把每一樣東西都重新換了個門面。

面目一新的書畫被裝點在房間裡，但是因為數量太多，家裡還會因應季節的變化加以更換，這也是一大樂趣。祖母留下來的書畫倒也一口氣讓中國文化的芳香瀰漫整個家中。

我想多提一下父親的家族。

父親的老家座落於臺灣北部的基隆，在曾祖父時代因開鑿金礦而大發利市。很遺憾的是，在第二次世界大戰末期，當時的豪宅在美軍的空襲行動中燒毀殆盡。之後，在祖父時代，於臺北市中心的一隅蓋起了房子，做為第三代的本家所在。我那模糊的幼時記憶就是從臺北的本家開始的。

建蓋在大約四百坪角地的房子是一棟圓形的兩層樓水泥屋，剩下的建地內則設置了一個附有大噴泉的池子和燈籠。四周種了椰子樹和白蠟樹、棕櫚樹，還有紅色的點頭姬芙蓉、粉紅色的杜鵑花、橘色的火燄葛，池子裡有純白色的蓮花，還有一年四季都綻放著各色鮮麗色彩的花。

這房子與其說是住家，不如用大宅院來形容會更加貼切。宅院裡住著祖父和祖母，還有父親三個尚未出嫁的妹妹，而已經有家室的人則在距離本家不遠處各擁有一棟房子，同樣都位於臺北市內。

我經常在母親的帶領下，去拜訪距離我們家只要步行三分鐘就可以到達的本家。每次去，都一定會碰到某些堂兄弟姐妹。

本家的宅邸和鋪木頭地板的我們家不一樣，地面是鋪水泥的，連牆壁也全都是石造的。夏天時，即便炙熱的空氣襲來，屋內依舊清涼，感覺好舒服。臺灣日照很強烈，因此一般人都不喜歡把房子蓋成南向。也因為這樣，屋內有很多房間都不會有陽光直射進來，住在裡面的人也鮮少有點燈的習慣，室內總是像灰濛濛的天空。一樓的大廚房裡，包括母親在內，總是隨時隨地有人在裡面吃些什麼或做些什麼。

在這個家中，有兩樣事物鮮明的留存在我的腦海裡。

第一個是設在廚房角落約五十公分見方大小的手動式升降機。只要把它想像成是出現在歐洲電影中的風箱式格子門升降機的迷你版就容易理解得多。一打開升降機的門，裡面就會出現個箱子，只要把做好的飯菜、香蕉等放進去，就可以送到二樓去，這個設備當然很受孩子們的歡迎。我跟幾個堂兄弟姐妹們分散在兩層樓，把與飯菜無關的各種娃娃或書本堆在裡面，然後關上門，用力回轉箱子旁邊的黑色轉盤，大玩搬運捉迷藏的遊戲。

我把盛放了水的容器放進去，再加速旋轉運送，容器裡面的水因而濺了出來，浸濕了箱子，後來被母親逮個正著。為了懲罰我，她把我推進升降機裡罵道：「我要轉動轉盤，把妳丟到某個地方去。」結果，害我哭得驚天動地。

另一件清楚記得的事是，有一個房間總是飄散著線香的味道。沉重的門扉雖然緊閉著，但是卻從門縫裡飄散出我們家所沒有的味道。裡面有一個道教的祭壇，就是日本所說的佛堂。祖父不是一個深信神明的人，但是一向注重儒教的教喻，也許他是透過祭拜祖先的行為來守「孝道」。

大家都稱那個房間為「拜拜的房間」，每次回本家，一定會被要求「先去拜拜」。一打開房間的門，就會看到螺鈿加工的椅子和桌子靠在牆邊排成一列，牆上則掛著一公尺大小，穿著和清朝皇帝一樣有著刺繡圖案的黃色衣服的祖先夫妻肖像畫。對面的整面牆上有一個很大的架子，正中央擺著一尊純白色的觀音像，正對著神像的右手邊則有一尊有著粗厚黑色鬍鬚，身穿金色衣服的「天公」；另外還有一尊臉黑得讓人以為是曬太陽曬過頭的阿姨神明「媽祖」；左邊則擺放著幾個從曾祖父那一代便留下來的牌位。

天公是中國宋朝以後道教中地位最崇高的神，現在也還有很多民眾真誠的祭拜。

媽祖是航海、漁業的守護女神，但是父親的族人跟漁業是沒有任何關聯的。我問為什麼要祭拜媽祖？得到的答案是因為以前臺灣有很多從福建南部移民過來開疆闢土的民眾（顏家也一樣），這些移民們祭拜媽祖，祈求在航行中能夠平安，並感謝神明保佑眾人能夠順利抵達臺灣。

每尊佛像前面都點著蠟燭，並擺放著大型的香爐，爐中各插著一支香。姑姑們總是低垂著頭，祈願許久，不知如何打發這段時間的我雖然一樣閉著眼睛，但是求的一向都是想要玩具或者希望功課能少一點，或者是想吃冰淇淋等任性的願望。

父親的老家每年大約會舉行二十次左右、平均每個月二次、被稱為「顏氏祭祀・民族節日」的儀式。其中包括了祖先的忌日、神明的生日、端午節、七夕等節日，而現在，當然也涵蓋了父親的忌日。

一遇到「節日」，大小可以讓就讀小學低年級的我呈大字型躺在上頭睡覺都還綽綽有餘的大型黑檀桌就會被抬到祭壇前，上頭擺滿了各種豪奢的菜餚。一整天，到訪的賓客絡繹不絕，所以房間中總是瀰漫著濃密線香的白色煙霧，幾乎都快看不到出口了。

準備的料理會因主祭者而有不同。大致上說來都是以主祭者或神明的喜好為主，一般都是供奉一整隻雞或一整尾魚，同時還有炒蔬菜、湯品，以及當季的水果。

所有的「節日」中，最氣派也最熱鬧的絕對要算是春節了。

所謂的春節指的就是現在在日本於新曆一月一日慶祝的正月，臺灣是以舊曆為根據，所以每年大多從一月下旬到二月上旬左右迎接新年的到來。

一到春節前夕，母親根本就無暇顧及到我，因為她要忙著「辦年貨」。她會跟著幫傭和姑姑們一起到市場去好幾趟，買了多到抱不回來的大量食材。為了做出過年時供奉神明的料理，母親也混在臺灣人當中，盡責扮演一族的長媳角色而大力幫忙。

母親到臺灣之後便學會了在地的語言。她請朋友教她說國語，至於方言——臺灣話，則從親戚那邊學一點，同時也努力自學。也許母親本來就是一個機靈而勤勉的人，她總是隨時隨地在備忘紙上寫些什麼。相較之下，說到父親，因為他是屬於日本殖民時期，接受日語教育的世代，所以會說日語和臺灣話，但是國語則完全不行。

在我的記憶中，母親總是和會說日語、年紀最長的姑姑一起做料理，兩人一邊用日語和隻言片語的臺灣話交談，一邊忙碌的動手也動口。

不知道如何打發時間的我則是有祖母陪著。她總是用日語叫我「たえちゃん」

（taechan）。祖母的年事已高，加上身體也不好，所以我沒看過她做飯的樣子。她總是靠坐在廚房角落的藤椅上，喜孜孜的發號施令。

臺灣的每一道年菜都各有其起源，這一點跟日本的年節料理類似。舉例來說，調理從頭到尾的一整條魚叫「年年有餘」、炒青菜是「清吉如意」、水餃的外形類似以前的金元寶，所以稱為「招財進寶」。

不管是節日或新年，「拜拜」的儀式一結束，大家就一起吃供品。我覺得在市場買來的包有許多白色內餡、被稱為「麵龜」的饅頭，比母親或姑姑拚命做出來的任何一道料理都美味，所以我總是只吃這一道。

「麵龜」是臺灣人訂婚、結婚、生產、新年、葬禮、冬至、清明節等所有婚喪喜慶活動時都會拿來當作祭品的饅頭。其大小如湯壺，呈橢圓形。因為類似龜甲，所以才有這稱呼。龜帶有長壽之意，節日慶祝時，外皮則做成紅色，特稱為「紅龜」。

祖母深知我對「麵龜」的鍾愛，總是偷偷在伴手禮的袋子中放了比別人更多的麵龜給我。

祖父和祖母所住的本家在祖母過世之後不久就改蓋建為公寓。神明和祖先們的牌位仍然擺放在一樓的其中一個房間中祭祀，但是線香的味道在一年當中卻只能聞到幾次了。

如果身為長子的父親還健在，我們家在每次有活動時就得負起準備供品、籌劃拜拜事宜的任務，春節時也得要召集全家人盛大慶祝。

但是近年來，春節前的一個月，許多臺北的餐廳早就被預約爆滿了。我想是受到少子高齡化和住宅因素的影響，現在大家都不再像以前一樣，一家人團聚在一起共享自己親手做的「年菜」了。

如果廚房裡有祖母、有母親、有姑姑，還有在一旁守護著的祖父和父親等人，各位會怎麼想？對此，我也只能苦笑著說「時代的潮流就是這樣啊」。

也許因為年齡逐漸增長，年輕時覺得與親戚們互動是一件很麻煩的事，但是現在卻覺得也未嘗不是件樂事。跟親戚們碰面聊天，就可以聽到許多我所不知道的、以及我想知道的關於父母親的事情。這會讓我有一種感覺，那就是更加貼近之前母親說過的卻完全不被我放在心上的話，和她當時的心情。

我一個月會做一次母親因為它而被認同為臺灣人的涼拌小黃瓜。

祖母留下來的書畫，現在仍然掛在我家的起居室和寢室裡。

父親過世後，母親每次做涼拌小黃瓜都一定會想起父親和祖母。而當她望著牆上的畫作時，想必也會回想起過往在臺灣的生活。

因為，我也是這樣的。

回憶中的食譜：糕渣

蘿蔔糕、魚丸、花枝丸……，出人意料之外的，臺灣料理有很多經過混合攪拌而製成的東西。

所以，母親總是會用食物攪拌器，熟練的把食材攪打在一起。

其中我最喜歡吃的就是「臺灣天婦羅」，不過這個名稱只在我家通行，在外頭並不適用，所以我並不知道它的正式名稱，也因此，在母親過世後，我就再也沒有吃過了。

不過，最近到臺灣東部的宜蘭去玩時，我發現了一種叫「糕渣」的地方傳統料理。這不就是我一直想吃的、母親所做的「臺灣天婦羅」嗎？

糕渣的作法是以熬煮了十幾個小時的雞湯為基底，加進各種食材，最後撒上山慈菇粉，用油油炸。最重要的一點是，剛油炸起鍋就要立刻食用。熱呼呼而黏稠的內餡溢滿口中，有一種香甜而令人懷念的味道。當成點心吃也非常可口。

○材料（4人份）

雞胸肉　半片

小蝦子　15～20隻

山慈菇粉　4匙

小麥粉　2匙

雞湯　1碗

蛋　3個

鹽、味精

○作法

1. 小蝦剝殼去腸

2. 雞胸肉切細

3. 將1、2放進食物攪拌器裡拌打

4. 將三個蛋打成蛋花

5. 加水溶解小麥粉

6. 將5放進4中，加入一碗雞湯
7. 把3一點一點放進6中，一邊攪拌一邊熬煮，避免結成球狀
8. 將山慈菇粉撒在盛盤上，把7倒進去
9. 切成入口大小，撒上山慈菇粉，用油油炸

蒸豬絞肉的那個

和枝小姐

我看了妳十九日的來信了。

這陣子，東京似乎再度恢復了原有的寒意。看到收到的信紙皺巴巴的，我就可以想見這是妳窩在床上一邊喝著酒，一邊以妳最擅長的隨興躺姿所寫出來的東西。真是讓我羨慕不已啊。

惠民

十二月二十二日

「這可不是遺傳嗎！」

看著父親在婚前寫給母親的信，我不禁想尖叫出來。

我喜歡同時做很多事情。譬如一邊看電視一邊燙衣服；一邊打掃一邊打包；一邊鍛練腹肌一邊看電視；一邊洗澡一邊看漫畫；一邊上大號一邊打電腦。

從小我就有這種習慣，母親總是罵我「不成體統」，提醒我要「集中注意力」。

然而，父親信中卻提到母親最擅長「隨興躺姿」，那不是比我更不成體統嗎？我好想唸母親幾句，奈何她人已不在，讓我覺得一陣懊惱。

也許是母親刻意掩飾，我並沒有看過母親躺著「做什麼事」的模樣。不過我記得她確實經常一邊聽收音機一邊打掃或做料理、拔草等。做料理的時候也經常會自言自語。

那時，臺灣的小學在八點半的第一堂課開始之前有一個小時的自修時間。上學的時間很早，所以母親每天早上要五點就起床幫我做便當。

一九七〇年代的臺灣，是國民黨一黨專政的時代，當時還實行戒嚴，電視也只有在固定的時段才能收看。早起的母親只好打開二十四小時全天播放的廣播，一邊聽音樂一邊在廚房裡忙著。

收音機裡播放出來的中文對母親而言是一天的起頭，同時也是我的鬧鐘。迷迷糊糊中聽著收音機的聲音，在被窩裡蠕動一陣，便可以聽到外頭傳來「豆漿、米漿」的叫賣聲。越來越近的叫賣聲和母親「趕快起床，人要走了哦」的催促聲重疊在一起，這時我才終於爬起床。早上去買豆漿是我的工作，我會穿著睡衣，趿拉著拖鞋，手上拿著熱水瓶，快馬加鞭從公寓的二樓飛奔而下。

叫賣叔叔的推車上放了幾個裝有豆漿和米漿的桶子，推車周圍總是擠滿了人。有穿著睡衣、頭上捲著髮卷的阿姨；有挺著個像狸貓一樣大肚子的伯伯；還有穿著短褲、套著沙灘拖鞋的青年。大家都一身剛從床上醒來的模樣，誰也不會在意，這就是臺灣人大而化之的地方。我把熱水瓶遞給叔叔，請他把熱呼呼的豆漿裝滿。

臺灣人的早餐外食率好像高達九成，到處都有「早餐店」。這些早餐都只賣早點，很多店家生意興隆到中午之前就拉下鐵門打烊了。各家的菜單也很豐富，有賣吐司或漢堡、三明治的西式早餐店，也有推出饅頭或豆漿、油條等傳統中式早餐的店家。賣飯糰的店門前則大排長龍，店家不是事先做好放著等客人上門，而是全都現場製作，讓人可以吃到最新鮮的早餐，實在太厲害了。好吃、便宜、快速，只要這三個條件齊全，就一定可以成為高人氣的早餐店。

臺灣的外食環境如此方便，母親卻還是堅持在家裡準備餐點。尤其是早餐，她一再告誡我，就算遲到了也沒關係，一定要好好吃早餐，事實上，我也曾經因為沒辦法在有限的時間內吃完早餐而上學遲到。我在當上牙醫之後也了解到，不吃早餐的孩子比較容易蛀牙。要不是有母親的告誡，也許我會成為一個滿口蛀牙的牙醫。

母親的教誨是一定要好好重視的。

我們家的早餐一定是吐司加荷包蛋和沙拉，還有我買回來的熱騰騰豆漿。從熱水瓶倒進碗裡，擺放在餐桌上的豆漿散發出濃郁的味道。不像其他地方賣的豆漿那樣有加糖。稍微冷卻之後，碗面上就會形成一層薄膜。我用筷子戳著那層膜，一層又一層纏捲到筷子上玩，母親見狀就會愕然罵道：「還沒吃完啊！」

愛好古典音樂的母親擁有許多唱片和卡式錄音帶，經常在廚房裡播放錄音帶的音樂。除了鋼琴和小提琴的古典音樂全集，還有Adamo的「香頌」（chanson）。唱片則是用放在兒童房裡的唱機來播放。多半都是柴可夫斯基或德弗札克、貝多芬及蕭邦的曲子。我記得最清楚的是拉威爾（Ravel）的「波麗露舞曲」（Boléro）以及薩拉沙泰（Sarasate）的「流浪者之歌」（Zigeunerweisen）。「波麗露舞曲」只是首單調的音樂，母親卻一次又一次反覆聆聽。我相信就是因為這樣，才會導致唱盤受損，唱針沒辦法繼續往前進。

關於「流浪者之歌」，母親這樣說過：「這是我的一個夢想。希望哪天小妙可以彈鋼琴，小窈可以拉小提琴一起演奏『流浪者之歌』給媽媽聽。」

我們姐妹被戲劇性發展的旋律所撼動，也產生了同樣的心境，然而，當我學琴的進度從拜爾（Beyer）進到布爾格彌勒（Burgmüller）、小奏鳴曲（sonatina）、徹爾尼

（Czerny）的時候，我的一顆心卻被可以熱鬧演奏出各種音樂的電子琴給深深吸引住，於是我二話不說就轉向，放棄了音色樸實的鋼琴。

母親為此哀嘆不已，轉而把希望寄託在妹妹身上，沒想到我的偷懶許是傳染給了妹妹，她在升上高中之前也放棄了小提琴。母親的夢想遂完全化成了泡影。

母親以廣播或音樂為背景，一邊聽放學回來的我跟妹妹說話，一邊手腳伶俐的做出道道料理給我們當點心吃。

那是將手掌大小的豬絞肉捏成圓頂狀盛在盤子上的一道料理。豬絞肉當中混著切絲的醃小黃瓜，上面再放上一顆鹹鴨蛋的蛋黃一起蒸煮。這可能是母親在某個地方吃過之後有樣學樣而開始嘗試做的，但是我不知道它叫什麼。母親的食譜筆記本上也沒有留下資料，不知不覺中，在我們家，只要說「蒸豬絞肉的那個」，大家就知道指的是什麼了。

製作的材料是在豬絞肉中加入香菇、胡蘿蔔等當時剩餘的食材就可以了。把這些東西混在一起，放進蒸煮的器具中蒸個二十分鐘左右就大功告成。喜歡「同時做兩件事」的母親在做其他料理的時候，可以如順手拈來般輕鬆做好這道料理。

從蒸鍋裡拿出來的「蒸豬絞肉的那個」也許用浮在肉汁中的中式漢堡來形容會比

較容易理解。漢堡是用平底鍋煎的，肉汁並不多，但是「蒸豬絞肉的那個」卻完整保留了所有的肉汁。吃完肉之後，把肉汁澆在米飯上就成了「醬汁飯」，可以享受到第二道的美食。

雖然這是一道隨手做出來的料理，卻比其他料理更簡單美味，是很受好評的家常味道。

家人的筷子經常在圓頂狀的肉上面碰頭，頃刻之間，「蒸豬絞肉的那個」就被掃個精光了。

「蒸豬絞肉的那個到底叫什麼啊？」

就在不久前，妹妹打電話來問我這個問題。

「那個不就是那個嗎？」

我只能這樣回答，但事後卻一直掛在心上，因而便試著重新查資料。我在電腦上輸入「豬絞肉」、「蒸煮」兩個關鍵字，卻跑不出任何東西來。我描述給臺灣的朋友聽「哪，就是豬絞肉拿去蒸，圓圓的」，可是對方也只是交抱著雙臂，狐疑地說：

「應該是獨家料理吧！」

就在這個時候，我的目光停在家裡書架、一本名為《臺味》（聯經出版）的臺灣料理書上。這本書是二〇一一年臺灣出版的，當時我被書名所吸引遂買了回來，但是一直沒看，就任它在書架上沉睡著。翻了翻書頁，發現有香腸和烏魚子的相片，覺得好懷念，便繼續翻閱，結果竟然看到「蒸豬絞肉的那個」的圖片。

「蒸豬絞肉的那個」的正式名稱叫「瓜仔肉」，書中是把它當成一道代表臺灣料理的美食來介紹。「瓜仔」是指代表臺灣的小黃瓜的醃漬物。把醃小黃瓜和肉混在一起，所以叫「瓜仔肉」。

書中說明的作法和母親的製作順序幾乎一模一樣，我頓時放下心來。書中也記載了「瓜仔肉」的歷史。對臺灣人來說，在豬肉還是珍貴食品的時代，一般平民百姓一拿到豬肉，就會很寶貴的一整塊拿去煮熟，再一點一點慢慢吃。而有錢人就把豬肉切碎製成一道豪奢的料理，那就是「瓜仔肉」。

高級而豪奢的料理「瓜仔肉」在我們家卻變成是順便做出來的，連名稱都沒有。我立刻聯絡妹妹，很得意的告訴她「瓜仔肉」這個名稱，連細節都說得一清二楚。

父親在五月出生，我跟妹妹都是九月，所以我們一家四口在一年當中最先迎接生日的是四月出生的母親。說到四月，會讓人聯想到的就是賞櫻、新學期、新生等，都是一些形象開朗，充滿希望的感覺。母親是個同樣符合這個形象，積極而開朗、充滿活力的人。

母親好奇心旺盛的特質與她出生長大的環境有很大的關係。母親於一九四四年出生於東京一青家，排行五女。聽說，家裡並不是特別富裕，再加上戰後物資不足，使得家人不得不一起咬著牙關過生活。或許是對這種生長環境的一種反彈，家裡的孩子們都有強烈的獨立心，莫不期望盡快離開家，擁有自己的生活，做自己想做的事情。

母親開始就業、自己賺錢之後，在結婚前也曾經挑戰過彫金和美容師、料理、書法、裁縫等各種興趣和工作，婚後也持續學習刺繡、中文、書法、簿記等各種不同的事情。

從她和父親在交往期間互相往來的情書來看，母親對於感情的追求也非常積極。

「一如往常，日子過得好慢。為了打發時間，我縫縫衣物，跑進櫥櫃裡，發了瘋似的拚命清掃和整理，把非常重要、非常重要、意義深遠的東西收起來。親愛的。要注意酒和女人。嘿嘿！」

「話又說回來，我這個霍屯督族（Hottentot）人好想好想見阿民叔叔，好愛、好愛你，愛得不知如何是好，這是我的真心話。

祝老爺、老爺的小弟弟身體健康。」

「我所摯愛的惠民先生，不但把我寫的情書燒成灰燼，還連夢都不肯做一個，真是冷酷。只有我單方面對你朝思暮想，我真是一個大傻瓜。從現在起，我要出去花心。即便是旗本的無聊女子也得偶爾找些刺激才行。」

和父親分居臺灣和日本兩地，因為無法見面而感到惶惶不安及不滿的母親將自己的心情以充滿幽默的筆調寫了出來。「老爺的小弟弟」那部分我一看就可以理解是母親的幽默，但是所謂的「霍屯督族」到底是怎麼一回事啊？是綽號嗎？還是模倣一青的發音而來的唸法？

我查過資料之後，看到上面所畫的女性圖案時不禁捧腹大笑，這下才明白。所謂的霍屯督族是非洲民族之一庫伊族（khoi）的俗稱，有發音上的差別，最近鮮少有人使用，但在當時使用的非常頻繁。該族人身形瘦小，但特徵是屁股凸得好像都可以放個嬰兒在上頭了。這也難怪，母親的體型特徵就是若從後頭看她走路，就好像看著鴨子走路一樣。一定是父親幫她取的綽號吧？

母親很瘦小，但是肚子和屁股卻顯得出奇凸翹。穿西式衣服時，上半身的尺寸是七號，下半身卻得穿十一號，說穿了就是非常不勻稱的體型。她常常自己一邊笑一邊說：「我的身材看起來還不錯，其實比例並不好。」

不說肚子了，關於屁股，我也遺傳了霍屯督族的血統。

我想起父親的書架上有一本寫著「旗本無聊男子」的書，自稱是「旗本無聊女子」的母親著實令人發噱。大概是把男子拿來改成女人模仿的吧？

父親也不認輸的回了內容相當有看頭的球（信）給母親。

「自稱旗本無聊老太婆，真是太貼切了，可見相當有自覺，萬分感佩。」

某個地方的廣播節目中有某個搞笑藝人曾說過：「王八和綠豆最合得來」，此時我莫名地可以理解這句話的意思了。對兩個年紀有一段差距的人而言，基於時代背景的因素，大概沒什麼共通的話題，然而，一定是因為「半斤八兩」的關係才得以結成連理的。

光看他們的情書，我就可以確信他們是感情很甜蜜的一對，可是不知為何，在我的記憶中，卻沒有父親幫母親慶生的部分，而總是由我跟妹妹為母親買生日蛋糕，準備禮物送她。

小時候，送給母親的禮物是手寫的卡片或感謝信，外帶捶肩券。到了能領零用錢的年紀，靠著存下來的錢第一次買給母親的禮物是刻有母親名字頭一個字「K」的墜子的項鍊。我記得很清楚，那是回日本之後第一個四月的事情。

母親可能也很高興，因為她將那條項鍊掛在熊玩偶的脖子上，一直擺放在房間裡。

結婚之後，父親曾送給母親什麼禮物呢？我認為他不是那種不給已經上鉤的魚兒餌食吃的男人，不過，事實上他或許就是這樣的人。然而，他卻買了許多禮物給我和妹妹，算是彌補了這一部分。

在日本升上中學的那一年四月，父親按照說好的約定，買了一台彩色電視機做為我通過考試的就學賀禮。跟彩色電視機一起送到的還有收音機。

「好棒啊！」我欣喜若狂，沒想到卻聽到父親說，那是送給母親的生日禮物。除了這個收音機，我不知道父親還送過什麼生日禮物給母親。從廚房的角度沒辦法看到起居室的電視畫面。父親體貼的想到一個讓母親在沒有聲音的廚房裡可以聽收音機的方法。

第二天早上起床時，我聽到廚房傳來某個陌生男人的笑聲，不禁大吃一驚，後來發現，那是從收音機裡傳來的聲音。母親大概是從父親送她這個禮物之後才開始一邊聽廣播一邊做料理的。經常播放的「大澤悠里的廣角鏡」這個奇怪的名詞直灌耳膜，一直到現在，還時而會在我的腦海中縈繞，真是傷腦筋。

母親最喜歡的節目是「快問快答！」、「電話貼身諮詢」或者「秋山千枝子的談話室」。有時候母親會隨著節目內容深表同情「這世界上辛苦的人實在太多了啊」，有時候也會對著收音機發飆「不要為了這種芝麻小事打電話到節目去」，一個人兀自隨著節目或喜或怒。

現在回想起來，也許母親就是因為一邊聆聽別人的苦惱，一邊把自己心中的苦悶和悲哀等無法表現出來的感情同步化，所以才會在我們家人都沒有發現她個人情緒的情況下，隨時隨地表現出十分開朗活潑的樣子。別人的不幸不是香甜的蜜汁，但是別人提及的苦惱問題卻為她帶來了勇氣和幹勁吧。

另一方面，母親為了可以將收音機所播放的有用情報或有趣的場所、看似美味的料理作法記下來，總是隨時準備好備忘簿和筆記用具。所以，母親留下來的食譜筆記本貼有許多從收音機裡聽來、潦草寫下的食譜。

〈花椰菜涼拌醋醬〉
白味噌 80
砂糖 大1
混合味醂，加醋

另外還有配上番茄醬的義大利麵、漢堡、蘆筍牛肉捲、厚雞蛋捲、奶油蟹可樂餅等在臺灣餐桌上沒有見過的料理。

或許是急就章記錄下來的關係，有些備忘的內容連料理的名稱都沒有，只寫著「用油、雞肉、鹽、胡椒一起炒。白蘿蔔、胡蘿蔔煮熟。煮梅子。水二分之一杯、放進材料，醬油分二～三次加入熬煮」。

對母親而言，收音機是最重要的情報來源，而且收音機也成了母親在面臨重大變故時的精神支柱。

動過胃癌手術後，母親只能一直躺在病房裡休息，她總是整天開著收音機。我問她「看電視嗎？」她只是一邊說「看電視比想像中的還累人」，一邊像聽著賽馬實況轉播的中年大叔一樣，無限珍惜的將插著收捲式耳機的卡片型收音機收進睡衣胸前的口袋裡。

我自己也一樣，對電視的依賴度不若收音機來得那麼大，經常收音機一開就是一整天。某天，聽到收音機傳來「大澤悠里的廣角鏡」這個宣傳語句，這才知道，原來那個節目到現在還在播放。我一邊聽著節目，一邊將從臺灣市場買來的「瓜仔」和「鹹鴨蛋」拿出來，嘗試挑戰母親以前為我們做的「蒸豬絞肉的那個」。

先在一個小小的耐熱缽內側塗上沙拉油，取出鹹鴨蛋的蛋黃，一分為二。接著將瓜仔切細，和豬絞肉混在一起。將蛋黃放進缽底，塞進絞肉，蒸煮約二十分鐘。打開蓋子，只見缽裡滿溢著肉汁。我將缽倒扣盛在盤子上，就成了一道如假包換的「蒸豬絞肉的那個」了。

我是一次又一次看著母親做這道料理一路走過來的，所以心中有點不安，沒有把握可以做得好。但沒想到瓜仔的鹹味和豬肉竟巧妙的調和在一起，口感清爽好吃到讓人忘了那是一道肉料理，味道與母親所做出來的非常相近。
這也許是拜那個叫「收音機」的醬料之賜吧。

第二個媽媽

臺灣的學校跟美國一樣，新學期是從九月開始，暑假則是從六月中旬開始，整整有兩個半月的時間。一到夏天，為了躲避臺灣的酷熱，我們多半會回日本去。所以，我小時候的夏日回憶都是在日本度過時的事情。生下差我六歲的妹妹之後，母親忙著照顧妹妹，把我託付給住在琦玉縣❶成增的阿姨家的機會就大幅增加了。

母親是老么，阿姨是和母親相差六歲的第四個姐姐。天生愛社交的阿姨很喜歡照顧人，而且是不分身分地位。照顧家人和親戚當然不用說，她也照顧著幾個外國留學生，家裡總是隨時都有訪客，顯得熱鬧異常。阿姨非常喜歡做料理，甚至去上了料理學校，做菜的手藝自是非比尋常。因為可以吃到各種不同的美食，所以我很喜歡去阿姨家。

對母親來說，她是年紀最相近的姐姐，說起話來比較容易溝通，母親非常依賴她。而對我來說，這個阿姨自然就成了取代父母親的親近存在。

「澡堂」和「飲食」這兩件事，是住在阿姨家時最快樂的享受。

臺灣人沒有把水放滿浴缸，整個人進去泡澡的習慣，所以不會刻意跑去外面的澡堂洗澡。可是，我的父母都非常喜歡洗澡，所以在臺灣的家也特別設置了浴缸，每天泡澡。住在阿姨家時，第一次被帶去的澡堂就像個大型的溫水泳池，泡起來非常舒服，我立刻就成了忠實的愛好者。

我將洗臉台上的香皂、洗髮精、毛巾和睡衣用紫色的大布巾包好後，就迫不及待往澡堂出發。

從阿姨位於高台上的家走下座落於後頭某間神社的漫長階梯後，就可以看到吐著白煙的大型煙囪聳立在橋的對面。再走一段路，就可以看到掛著商店布簾的澡堂玄關和鞋箱。

把錢付給坐在櫃台上的阿姨，把脫下的衣服放進籐籃後，我就全身光溜溜衝去洗浴場。澡堂裡唯一讓我討厭的是紅色槓桿的給水栓，只要稍微碰觸到金屬的部分就會被燙傷。我總是得要同行的老奶奶（阿姨的婆婆）或阿姨幫忙調整水溫。

洗好澡，我會要求喝瓶裝的蘋果汁。用一根像長圖釘一樣的針把黏在瓶口上的紙蓋子拔開，大口大口喝下冰冰涼涼，呈透明琥珀色的蘋果汁，感覺比紙盒裝蘋果汁要好喝上幾十倍。事實上，我好像是為了要喝這個蘋果汁才去澡堂的。母親來阿姨家時

❶ 琦玉縣，位於日本關東地方中部的一個縣。

也一樣會開心的一起去澡堂。喜歡洗澡也許也是一青家的遺傳吧。

在飲食方面，每次吃飯前，老奶奶一定會把飯盛在兩個像是小酒杯的容器裡，站在佛壇前兩手合掌膜拜，這讓我感到很不可思議。

在臺灣，供奉給神明的供品都是一整隻雞或一整條魚、一大碗飯，極盡豪華之能事。我很擔心，什麼配菜都沒有，只有那麼少少一點飯可以讓祖先們吃飽嗎？看到事後老奶奶慎重無比的吃掉了那些變乾變硬的米飯時，不知為何，我竟有鬆了一口氣的感覺。

一進入十二月，在樺太出生長大的老奶奶就會將白菜和鮭魚頭切細，放進大型的圓桶裡，並在上面壓上沉重的石頭。經過半個月左右，移開大石頭時，裡面就是風味絕佳的醃鹹白菜。母親也喜歡這一味，每年都迫不及待等著成品出來。

老奶奶的手簡直就是一雙魔法之手，可以不斷變出不可思議的料理。她到魚販那邊買回了浸泡在水中，像橡膠球一樣，表面又有疙瘩的謎樣物體，用菜刀切成兩半，於是水就從當中噴濺而出。老奶奶靈巧的用手將像魚內臟一樣黏糊糊的橘色塊狀物挖出來，再用水徹底清洗這些又糊又稠的物體，切細之後，盛在容器裡，和小黃瓜一起澆上三杯醋，於是醋拌海鞘就大功告成了。

製作的過程看似很噁心。但是，被那漂亮的橘色給吸引住，吃了一口之後，我立刻就臣服了。僅僅六歲的我就懂得享受海鞘的美味了。日後我還央求母親「我想吃海鞘」，讓母親不禁瞪大了雙眼。

阿姨做給我吃的日式料理以「小竹莢魚南蠻漬」最令我印象深刻。暑假正是小竹莢魚的盛產期，所以阿姨經常做小竹莢魚南蠻漬。把許多小竹莢魚放在流理台上，去掉魚鱗和一些不必要的東西，打開位於頭部下方的魚鰓蓋，拉出魚鰓，挖掉魚腸，看著阿姨進行這樣的作業，我竟莫名感到好興奮。

重點在於結束前置作業之後，依舊要持續不斷用水仔細沖洗，並且要油炸兩次，以便將魚骨炸到香脆好入口。在炸好的竹莢魚中加入烤過的蔥，和調味料一起醃漬後，適合配飯、當零嘴，隨時隨地都會讓人想吃的小竹莢魚南蠻漬就大功告成了。

老奶奶所做的醃米糠也是天下一絕。從米糠拌鹽醃的小菜當中取出乾癟的小黃瓜和蕪菁、胡蘿蔔，用水龍頭的水清洗後切細。一口吃下有濃郁味噌味的蔬菜，沒想到是如此美味，真讓我大吃一驚。

母親的料理手藝算是一級，但是，我們家餐桌上的主角是父親。而父親的用餐時間真是長得可怕。

他總是打開電視，一邊喝酒，一邊慢慢一點一點吃著下酒菜。每天晚上都要花超過三個小時的時間吃飯。小時候的我雖然跟父親一起開始吃飯，但是中途吃膩了便跑去洗澡，洗完澡換上睡衣回來時，發現父親竟還紋風不動坐在餐桌邊。

父親不是一個會指定菜色的人，但是我們家的餐桌上有個不成文的規定，那就是「量少，種類多」。和阿姨家餐桌上那華麗而色彩鮮艷的菜色比起來，我們家擺的都是毛豆、烏魚子、鹹章魚、芥末魚板糕、涼拌青菜、蒸魚、涼拌豆腐、醋拌涼菜、蔬菜拼盤、生魚片、天婦羅等日式料理和中式下酒菜，所以在孩子的心裡，阿姨家的料理是比較有魅力的。

再加上父親非常不喜歡吃甜食，所以我們家除了水果，鮮少看得到甜點。

也因為這個緣故，我非常喜歡用番茄醬寫著「小妙」的蛋包飯，或為我做出貓熊形狀的葡萄麵包的阿姨家料理。因為住得太舒服、太好玩了，我甚至打心底想當阿姨家的孩子。母親來接我回家時，我還會緊抓著阿姨的手臂抗拒著「我不要回去！」

二〇一二年九月，隔了一段時間後，我再度造訪阿姨家。小時候對我照顧頗多的阿姨家已經重建了房子，然而熱情且溫暖迎接每個人的氣氛卻依然存在。

在暢談了一陣子令人懷念的過往回憶後，阿姨喃喃說道：

「對了，我記得小妙曾經因為我煎的荷包蛋跟妳媽媽的不一樣而大發雷霆呢。」

啊，我想起來了。我們家的荷包蛋是臺灣式的作法，和日本式的相較，用的油量比較多。說是煎，倒不如說是接近油炸的狀態，所以我吃不慣阿姨所做的漂亮荷包蛋。

雖然我嘴巴上吵著想當阿姨的孩子，可是打骨子裡，我的味覺卻至死不渝地以母親的手作料理為絕對指標。

母親留下來的食譜筆記本中也貼有阿姨手寫的黑豆煮法、熬醬汁的關鍵備忘、燉叢生口蘑、拌青菜等食譜。食譜的內容其實是日式料理的數量比中式料理要多。

在日本展開生活後，母親便經常透過電話，熱切地從阿姨那邊學習料理的作法。想必是一心一意想讓偏好日式料理的父親可以吃到美味可口的食物。

母親出生後不久就失去了母親，她是由繼母帶大的。所以，她從不知道什麼叫做「媽媽的味道」。因為一路是吃阿姨的料理長大的，所以對母親而言，阿姨想必就等於是母親吧。

母親所做的小竹莢魚南蠻漬有阿姨的味道，母親帶到臺灣的米糠拌鹽醃小菜也是從老奶奶的鹽醃小菜中分出來的。

母親從阿姨那邊學習日式料理的作法，相對的，她也把臺灣的味道帶進了阿姨家。尤其是她帶了一隻全身漆黑的「烏骨雞」和枸杞一起煮湯時，不管是就外觀或味覺上來說，都充滿了強烈的衝擊性，這件事至今仍然深深留在阿姨一家人的記憶中。

母親過世後，每當在料理方面有不懂的地方，我跟妹妹就會率先打電話給阿姨。

「那個，味噌煮青花魚要怎麼做？」

「喂，阿姨常做的那個小竹莢魚南蠻漬要怎麼做比較好？」

有一個像母親一樣、可以輕鬆打電話問事情的阿姨在，實在是件很幸福且不可多得的事。很遺憾的是，在我還沒有繼承「這就是一青家的味道」時，母親就過世了。不過，我的料理中確實留有混合著母親和阿姨味道的特殊風味，我覺得這個味道好像莫名地成了一種令人懷念的味道。

回過神來時，發現阿姨也已七十五歲高齡了。打電話來時會忘了要說什麼，外出購物時也會忘了帶皮包，冒失而粗枝大葉的特質跟母親一個樣。她在家照顧公婆兩人，直到兩老往生。每天充滿活力的跑來跑去，歌頌人生之歌。跟我相當於表姐妹的阿姨女兒常常要求阿姨「好好活著，別讓自己失智了」。看著她們母女兩人的互動，我不禁想像著，如果母親還活著，我是不是也會這樣跟她說話？想著想著，不禁有點羨慕起來。

我七歲時，阿姨曾寫封信寄到臺灣給我。

給想念的小妙

好久不見了呢。還好嗎？

阿姨一家人跟以前一樣，每天去上班上學。我們常常聊起小妙。妳有沒有因此打起噴嚏？學校好玩嗎？下次再跟阿姨聊聊學校的狀況。好久沒看到妳，覺得都快瘋掉了。我引頸期盼能盡快見到妳。媽媽、爸爸、小窈都還好嗎？我知道妳功課很忙，但是偶爾也寫個信給阿姨吧？

聖誕節和新年就快到了，妳有沒有想要的東西？如果有，請趕快通知我。只要是小妙想要的，我都想幫妳完成心願。總之，阿姨好想好想看到小妙，實在沒辦法再忍耐下去了。

有沒有什麼辦法呢？正月份回來會有困難嗎？就算只有妳一個人，我也歡迎妳來！這陣子甚至還夢到妳。

就好像在談戀愛一樣……

快點快點回來吧。那麼，要小心注意身體健康哦。

再會。

一九七七年十二月六日

形式上的媽媽

經過三十多年再打開來看的信紙沒有任何斑點，感覺上就好像是昨天才寫給我的信一樣。

包括臺灣父親那邊的姑姑在內，我有好多的「阿姨、姑姑」。大家都對我很好，但是彼此間總是莫名地會有些顧慮，有些事情還是很難去觸及。

說起來那也是理所當然的吧，因為我不是她們的親生孩子。

可是，我覺得這個阿姨給了我跟母親一樣的「無償的愛」。

當時並不覺得自己有多幸運，甚至覺得是理所當然的，然而現在重新再看母親留給我的信、阿姨寫來的信，我這才發現到這個事實。

也許這樣的說法是老生常談，但是我真的希望阿姨能連同母親的份活得長久一點。

回憶中的食譜：紅豆年糕

母親非常喜歡吃紅豆，尤其是喜歡石川縣❷生產的一種叫「圓八」的豆餡糰。她常常掛在嘴上的話是，只要一吃這個東西，就會想起外公。

我記得她買不到豆餡糰的時候，就會去一家叫甘味處的甜點店買「餡蜜❸」。完全不吃甜食的父親總是頂著一臉「不敢置信」的表情盯著母親看，可是母親全不當一回事，仍然大口大口，津津有味的吃著年糕紅豆湯。

我也很喜歡吃甜食，但是只限於西式甜點。事實上，我對紅豆是只有舉手投降的份。

可是不知道為什麼，我就是能接受臺灣的紅豆。

也許只有我才感覺得出臺灣的紅豆在甜度上控制得宜，有異於日本的紅豆。

紅豆年糕是春節時吃的甜點，也是我非常喜歡的一道甜食，用油煎來吃的方式讓我想起日本的烤麻糬，有一種熱呼呼的溫暖味道。

這道甜點可以久放，所以我通常會多做一點，切成適度的大小，保存在冷凍庫裡，這樣一來，就可以隨時享受臺灣舊曆年的氣氛了。

〇材料（4人份）

糯米　4杯

米　1杯

紅豆　2杯

砂糖　4杯

❷石川縣，日本北陸三縣之一，首府為金澤。

❸餡蜜，切成小丁的涼粉澆上蜜水，拌上內餡的豌豆和水果。

○作法

1. 用電鍋像煮飯一樣把紅豆煮熟。待紅豆變軟，就把兩杯砂糖分二～三次加進去，用爐火熬煮，訣竅是煮至水分乾掉為止

2. 將糯米和米清洗乾淨，靜置一晚，瀝掉水分，用攪拌器搗碎直至變黏稠狀（一邊適度加水進去，直至感覺不再有顆粒）

3. 將2裝進袋子裡，用繩子綁緊，用洗衣機的脫水功能瀝乾水分在脫完水的粉末中加入剩下的兩杯砂糖，徹底揉搓，再把1加進去，繼續搓揉

4. 用電鍋蒸煮3

5. 將蒸熟的東西分成適當大小，兩面油煎

籤王粽子

蝦米、干貝、香菇、海帶、海帶芽、枸杞、木耳、高麗參、愛玉子。

我們家的冷藏、冷凍庫、儲藏櫃裡經常大量存放著這一類的中式乾貨。

母親還在世時，除了數倍於此的乾貨，還有很多鮑魚、牡蠣、魚翅、海參之類的高級食材。

而和這些乾貨一起放進冷凍庫的東西中一定有粽子。

在華人社會，每到農曆五月份的端午節會有一個活動，就是包粽子，並舉辦各式各樣的划龍舟比賽。活動的由來可回溯到紀元前的戰國時代。

愛國詩人屈原於五月五日投汨羅江身亡，感念他的人們為了避免屈原的遺體變成魚兒的食物，遂在這一天將粽子丟進河中，同時競相派船出去，希望能盡快找到他的遺體。這就是這個民俗活動的由來。

因為屈原是詩人，所以又稱為「詩人節」。

還有另一說是，屈原投江後，當地居民們為了供養他，便將食物直接丟進河裡。結果相繼有人看到了屈原的亡靈。屈原懇求他們：「如果把食物直接丟進河裡，就會被魚兒給吃光，根本到不了我所在的地方。能不能請你們想想別的方法？」

看來屈原大概也很餓吧。

從此，人們便將米飯和肉混在一起，用竹葉包起來做成粽子的樣子，然後丟進水裡。

姑且不說這些故事是真是假，但是我們由此可以知道，很久以前，人們包粽子、吃粽子是基於某種特別的情感使然。

母親是在臺灣學會包粽子的方法的。可是，我沒有什麼記憶是關於在臺灣吃母親包的粽子。包粽子是很費時費工的事情。在臺灣，只要到市場或超市、餐廳去，就可以看到店頭吊掛著許多粽子。再怎麼想，買回來吃都是比較省事的方法。

開始在日本生活後，沒想到要吃個粽子有那麼難，就算買到了，味道也很普通，母親再也受不了，決定開始自己動手包粽子。

包粽子的那一天，母親會「召集」阿姨和朋友們。一聽到母親打電話通知「我要包粽子，快過來」，就知道「啊，又可以吃到粽子了」，感覺口水好像都要流出來了。我喜歡粽子的理由不只是因為它的味道和口感，還有打開竹葉，確認米飯當中餡料的作業就像在尋寶似的，充滿了樂趣。

母親包粽子那天，除了我的心情會特別浮動，一早家裡也會充滿了興奮的氣息。早起的母親會趁沒有人的時候，把包粽子用的食材都擺放到廚房的圓桌上。

花生、鹹蛋、栗子、生薑、紅蔥、菜脯、銀杏，並把香菇和蝦米、干貝泡進水裡，另外還有豬五花肉。糯米在前一天就用水浸泡著，早上起床時再放到篩子上，瀝掉水分。

準備好食材後，參加包粽子活動的親友也三三兩兩開始上門。母親也給了我一條圍裙，我捲起袖子，洗了手，好戲就要上場了。就這一天，平常不使用的魚刀和菜刀、水果刀等，家中所有刀具都出動了。

有人切乾香菇，有人將生薑切成絲狀，而在所有的任務分配中，最不受歡迎的工作就是紅蔥切片。所謂的紅蔥就是臺灣的紅蔥頭。日本的冬蔥算是最類似的品種。但是紅蔥比冬蔥硬，外表呈紅茶色，切片時跟洋蔥一樣，很刺眼。

負責切紅蔥的人得負責做粽子調味時很重要的「油蔥酥」。用油炸過切片的紅蔥，經過調味而成的「蔥片」就是油蔥酥。這是在臺灣每處攤販都可以看到的東西。只要灑在湯或麵、米粉、米飯上，立刻就香味撲鼻，讓人食欲大增。

「油蔥酥」的作法其實很簡單，將大量的豬油充分加熱，再把切成片狀的紅蔥丟進熱油中，炸到呈黃褐色。火力太強會變得焦黑，所以要一邊適度調節火候，一邊耐心攪拌，這是很重要的一點。

把變成黃褐色的紅蔥去油，倒回鍋裡，快速用醬油調味，完美的「油蔥酥」就完成了。這是粽子不可或缺的一個味道。

我們家的廚房有三口爐，但是一放上大型炒鍋後，就沒有空間放其他鍋具了，所以，炒紅蔥時，大家就圍著圓桌天南地北聊了開來。

接著就輪到母親上場了。為了做出混在糯米飯中的食材，母親將大型炒鍋放在爐子上，把生薑、蝦米、五花肉、乾香菇和發乾的水加進炸好的油蔥酥當中，再放進醬油和鹽、胡椒、五香粉等調味料來調味。

包括我在內，幾個幫不上忙的小鬼頭就在圓桌的四周閒晃，晃膩了，就咻地離開廚房去看電視或玩遊戲。

粽子很好保存，分給親朋好友，通常都很受歡迎。所以母親每次最少都會包上五十個左右。放了大量食材的炒鍋重得靠她一個人的力量是無法抬起來的，所以她經常會發牢騷道：「都快得肌腱炎了。」

飯鍋一次只能煮五合的米，所以飯鍋的開關要按壓好幾次，每次閃著光澤的米飯煮好時，就要移到比一般壽司桶還要大的、像洗臉盆般的容器裡。

為了充分混合母親所炒好的食材，就得用杓子在盆子中用力攪拌。這是包粽子的作業中，最耗費體力、最重度的勞動，同時也是看起來最重要的作業。

包粽子要花費一整天的時間，經常會耽誤到午餐時間。既然難得，吃午餐時，大人們就會把還沒成形、沾附了盆中食材味道的米飯搭些配菜一起吃。這樣湊和出來的飯菜倒也十分美味。

母親手腳俐落的做了一些簡單的料理。讓人拍案叫絕的料理就是在臺灣相當受歡迎而普遍的「菜脯蛋」和「番茄炒蛋」。

「菜脯蛋」是將類似日本醃蘿蔔的臺式醃蘿蔔和蔥一起切細，放進蛋汁當中，像煎蛋包飯一樣煎烤，是一道非常簡單的料理。訣竅是用大量的油，以類似油炸的方式來煎烤。而「番茄炒蛋」是將番茄和蛋拿來一起炒，是類似加了番茄的西式炒蛋。兩道料理都很簡單，卻是時而會突然讓人想吃的「上癮味道」。因為三兩下就可以做出來，所以只要有材料，肚子微餓時，母親就會做給我們吃。

補充過能量後，就是一群小鬼頭也加入戰場開始包粽子的時候了。餡料按照材料別放在圓桌正中央的米飯四周。

粽葉是乾的，所以和米飯一樣，要泡水一個晚上讓它變軟，包一個粽子要用兩片葉子。

粽葉是很利的，就像雜誌或筆記本的紙會劃傷手般，一個不小心，就會吃到苦頭。小心翼翼將粽葉放在手掌上，填入米飯，兩片粽葉重疊時的狀況和拉開的角度會決定粽子成品的比例，所以是相當重要的關鍵。

母親用熟練的手法幫阿姨和其他人調整粽葉的位置，但是我們這些小鬼頭才不管那麼多。粽葉不會乖乖躺在手掌上，所以填塞進去的米飯經常會嘩啦嘩啦掉到地上。儘管如此，對小小孩來說，用手直接觸摸食物就像在玩做飯遊戲般，其樂無比。

在填塞進粽葉的米飯正中央一帶挖出一點凹陷，往裡面加入餡料，此時，圓桌的轉盤就發揮功效了。從轉到自己面前的餡料開始，一盤轉過一盤，將所有種類的餡料都塞進去，這樣就不會遺漏任何一味了。

此時，我通常都會耍一下小「聰明」。因為我不喜歡花生和栗子、銀杏，所以就會將偏好的鹹蛋塞好幾個進米飯中，做出「籤王」粽，母親發現後便會狠狠罵道：「不要偏食。」

填好餡料後，就用藺草牢牢綁好，但這是最困難的一個步驟。綁太鬆會散開來，綁太緊會變成圓形火腿。所以必須控制好力道，鬆緊得宜。

我手邊有許多父親和母親相互往來的信件和母親的手冊。我想他們大概做夢也沒想到，自己寫的東西會被女兒寫成文章吧。然而，對很早就失去雙親的我來說，這些都成了讓我了解他們想法的寶貴「資料」。

我從這些信件中，找到一封在臺灣的父親寫給在日本的母親的信：

關於和枝來臺的事情，以下是想請妳購買的東西：
·海苔　調味、原味各三
·醃鮭魚子　海膽少許（可以買比上次帶回來的量多一點）
前略
除了前面的物品，請追加以下品項：
·鮭魚捲一條
·醃鮭魚子及海膽（非瓶裝）少量
銀座松坂屋前的「銀食」食品店應該有。
以上，很不好意思，不過我想這有助於妳做運動，所以就請辛苦一點，幫我帶回來。

在一九七〇及八〇年代，每次母親從日本回臺灣時，父親總會要求母親幫他帶日本的特產回來。當時的臺灣只能進口一些限定的日本食品，而且又非常昂貴，所以，拿海苔和鮭魚當伴手禮很受歡迎，而且我們自己也可以享受到日本的美味。

自從搬到日本居住後，中式料理的食材不是買不到，但是卻缺少了許多能夠重現在臺灣的家所做出來的味道的食材。可是，我跟妹妹才不管那麼多，老是嚷著「我要吃在臺灣吃的那個！」所以母親只好把臺灣的食材運來日本。

母親的筆記本中，在回國當天的備忘上一定會記下需要採買的食材：

待購物品

〇肉乾、茶葉、鹹蛋、蘿蔔糕粉、百合花、紅蔥頭、肉鬆、枸杞子、雞絲麵、蝦米

而且母親還把包粽子用的粽葉和綁粽子的藺繩都一併帶回日本。

但是，除了食材，要再現臺灣料理還需要一樣工具，那就是「大同電鍋」。那是一種像日本電鍋一樣的臺灣電器製品。

這種圓形電蒸鍋，直徑三十公分左右，在臺灣是家家戶戶必備的電器用品。臺灣的年輕人出國留學時也一定會帶一個上路。

大同這家公司創立於一九二〇年，初期是做電風扇的廠商，到了一九六〇年代，獲得日本東芝的技術協助，因而開發出這個「大同電鍋」。

大同電鍋沒有計時功能，也沒有料理選擇按鈕，只有一個簡單的開關。構造也非常簡單，只要把食材放進內鍋，外鍋加水即可。外鍋的水加熱之後，食材就可以調理完成。按下開關，就能完成炊、煮、蒸、保溫四項功能，非常好用。

一旦水分蒸乾，就會自動切掉電源，而且還能炒蔬菜或煎牛排。如果技巧純熟到某種地步，甚至還能使用秘技烤出披薩。

我們在臺灣的家有兩個大同電鍋。只要一加熱，鍋蓋就會喀喀地開始跳動，從空隙中冒出蒸氣，同時飄散出美味無比的味道。

母親把其中一個帶回日本，在家裡煮湯或蒸魚，讓大同電鍋的鍋蓋持續在日本跳動著。蒸粽子或肉包子時，如果用電子鍋，口感會比較硬，但是，如果用大同電鍋，因為水分不像電子鍋一樣會蒸發殆盡，所以蒸出來的東西總是鬆軟、熱呼呼的。只要有從臺灣調度來的食材，還有優秀的大同電鍋，母親就隨時會應我們的要求，為我們做出美味可口的臺灣料理。

現在回想起來，對我而言，母親的存在就像「瘡痂」一樣。她一邊犧牲自我，一邊保護著在她羽翼下的孩子，在陪伴孩子的同時，也看著我們成長。這樣的生活模式就像讓傷口癒合的瘡痂一樣。

進大學後，我覺得這個瘡痂變得好煩人，好想早些剝掉它，得到真正的自由，所以只要有長假，我就會一個人到國外去旅行。

因為剝除了瘡痂，獲得了自由，而這種自由時而會讓我採取意想不到的大膽行為。可是，因為自由過了頭，難免就粗心大意起來，時而會被偷走隨身財物，時而會忘了行李，甚至也被扒走過信用卡，每次我都緊急聯絡在日本的母親，而她都會想辦法幫我度過難關。

回國那一天，母親不會到機場來接我，但是只要我一回到家，她就會頂著似覺無趣的表情說：「啊，回來啦？」然後一邊聽我聊著旅途中的趣事，一邊一定會幫我熱粽子。

解開繩子，剝開粽葉，只包了鹹蛋的粽子就會探出頭來。「啊，是籤王」。我有一種抽到上上籤的喜悅，不消多時，便將粽子一掃而空，然後回到自己的房間。滿滿的安心感讓我陷入沉沉的夢鄉，我自己都沒發現到的「幸福」就在身邊。

母親過世一陣子後，阿姨還有其他母親娘家的親戚們曾經告訴過我，只要我出國去旅行，母親最盼望的就是接到我的電話或信件。只要幾天沒有聯絡，她就不安得想要去聯絡大使館，要不就是為了重發我被扒走的信用卡或補寄我被偷的現金而四處東奔西跑，我要回國時，她會打好幾次電話到機場去確認我回國的班機是否會準時抵達。

我聽到的都是當時我從不知道的事情。不但如此，我當時甚至在心中暗忖，這個都不來機場接我的母親對我根本漠不關心。

母親極為珍視的箱子中放了好幾張我從國外寄回來給她的明信片。

我現在從保加利亞進入羅馬尼亞，今天（7／29）搭乘夜車前往匈牙利。我很好，不用擔心。

只是讓我傷腦筋的是，7／28日，皮包（裡面沒有放錢，但是有國際學生證和Saison卡❶、VISA卡）被偷了。我想反正丟的不是錢，所以也沒放心上，不過問題是這樣一來，我到底能不能買到前往NY的學生特惠票？

我很健康。在東歐，每天一千日圓就可以過很優渥的生活！我去看了歌劇（只要三百日圓！）下次要去泡溫泉。那麼再會了！

7／29 Tae Hitoto

那是我大學一年級出國時寄回來的信件。當時的我我行我素到自己現在看來都感到愕然的地步，上面寫的全是一些幼稚的話。

孩子不懂父母心。

母親絕對不會用嘴巴或表情來表達她對孩子的憂心和擔心，只會在私底下揪著一顆心掛念著。當時的我到底有多讓她為我擔心啊？

母親一過世，從國外回來時，當然沒有人為我熱粽子。自己得動手做這件事之後，我才發現到，每次從國外旅行回來時所吃到的「籤王粽子」並不是出於偶然。

我強行剝除的瘡痂總是在遠遠的地方定定守護著我，為我擔心掛念傷口是否會再迸開來。

最近在臺灣幾乎沒有買不到的日本食材，缺點是價格高了些。帶醃鮭魚或海苔當伴手禮反而會遭到訕笑。所以每次到臺灣時，我總煩惱著要帶什麼東西當禮物。同樣的，在日本可以看到的中式料理食材種類也越來越豐富，只要透過網路購物平台，就可以買到任何東西，幾乎跟在臺灣生活沒有兩樣，現在就是這麼方便。

然而，我現在也跟母親一樣，總是在臺灣買一大堆食材寄送到日本去。冷凍庫裡從來就沒有缺過蝦米、干貝、枸杞等。當行李箱還有空間時，我甚至會把蔭油膏或辣椒醬、麻油等調味料一併塞進去。

以前總嘲笑母親「像生意人一樣」的我，現在卻做著跟母親一樣的事情。

而當我從臺灣回來的那一天，我會把自己做的「籤王」粽子熱來吃。

❶ Saison卡，日本信用卡名稱。

透過料理溝通

我覺得在不同家庭環境中長大的兩個人，結婚之後可以走得順利的最大秘訣，就是對味道的喜好或飲食習慣能否契合。還好，我跟老公對食物的好惡並沒有（嚴重的）衝突。除了一年到頭吃火鍋之外。

——為什麼老是吃火鍋？

——夏天吃火鍋？

——兩個人吃火鍋？

雖然他一直不斷抱怨，但是對我來說，「只能在冬天吃火鍋」的觀念是不存在的。

父親和母親還健在時，我們家餐桌上最常出現的調理用具就是卡式瓦斯爐和鍋子。不論春夏秋冬，一年四季，家裡每星期至少都會吃一次火鍋。長大成人之前，我一直認為火鍋就像醃漬物和味噌湯一樣，是每戶人家經常會吃的東西。

母親調理的火鍋種類豐富，有雜菜鍋、涮涮鍋、泥鰍火鍋、河豚青菜豆腐鍋、清燉砂鍋雞、牡蠣鍋、鬥雞鍋等。多到覺得吃不完的白菜或茼蒿之類的葉菜一放進鍋裡就急速縮小，一眨眼就被吃光了。吃完全部的食材後，在湯汁裡頭加進冷米飯，米飯就會變成亮茶色並膨漲起來，再打蛋汁進去，蓋上蓋子燜煮一會兒，一打開來，就是我最喜歡的菜粥。

父親總是一邊喝著他最喜歡的酒，一邊把火鍋料一點一點盛到碗裡，當成下酒菜來吃。

父親在和母親結婚之前就很喜歡吃火鍋。

絞肉中加入切碎的大蒜和蛋攪拌，捏成適度大小，放進鍋裡，再將切段的洋蔥和高麗菜放進去一起熬煮，這就是肉丸鍋。

放進一整隻雞和白菜、蔥，就是雞肉鍋。

這些種類的鍋，都是父親二十幾歲時在自己家裡和朋友們大快朵頤的臺式火鍋。

我想母親可能是和父親一起生活後，也漸漸愛上了火鍋吧。

愛好火鍋的父親在所有火鍋中最愛的應該是最簡單的火鍋料理之一的湯豆腐鍋。

煮火鍋的時候，母親對食材的堅持多過於平常的料理。因為調理不費什麼工夫，所以材料的新鮮與否會大大左右火鍋的品質。一旦母親決定要吃火鍋時，她就會一鼓作氣，出門購買食材。

尤其對父親最愛的湯豆腐，母親也有她的堅持。

臺灣人是不吃湯豆腐的。母親特地請在日本的阿姨將湯豆腐鍋寄到臺灣。連用竹子製成的豆腐杓，還有放湯汁的、像酒壺般的陶瓷製品都一併寄了來。「湯汁是湯豆腐的關鍵」，這是母親的口頭禪，偶爾回日本時，她會跑到築地魚市場去選購上等的海帶和柴魚帶到臺灣。

湯汁中只有海帶和豆腐，時而飄浮著白肉魚的湯豆腐鍋看起來挺煞風景的。火鍋本來應該是熱熱鬧鬧的，這樣的內容甚至讓人覺得寒酸。

然而現在仔細一想，正因為簡單，所以味道才不會被掩蓋住，這著實是一道母親為了父親而特地嚴選材料，充滿了她的情愛的一道料理。

中華圈的家人經常會聚餐。有節慶時自是難免，連週末也常會聚在一起，圍著餐桌用餐。這是一種家人靠著用餐來凝聚情感，建立起強力羈絆的文化。

吃火鍋時，只要先準備食材，母親就可以從一開始跟大家一起吃。吃清燉砂鍋雞或涮涮鍋時，一個鍋子裡就有四雙筷子攪在一起，爭先恐後的搶食自己喜歡吃的東西，對話內容也繞著火鍋轉。

就這點來看，我們家是靠著「火鍋」來牢牢維繫情感的。

只要有火鍋和酒，父親就快活似神仙，可是，有時候他卻會做出孩子所無法理解的行為來。

他會躲在自己的房間裡，從室內上鎖，將自己和外界完全隔絕開來。既不跟家人一起用餐，一天二十四小時也不走出房門一步。期間短則數日，長則數月之久，而且這樣的行為總是毫無預警地開始。

如果是現在，醫生一定會診斷為「憂鬱症」。但是當時母親不知道該如何處理，兀自憋在心裡，似乎飽受痛苦煎熬，母親的姐姐好生擔心，寫了信給母親：

> 很少接到妳的來信，加上惠民先生又一個人窩居在家，這陣子好擔心妳。妳在那邊跟在日本不一樣，沒有地方可以讓妳喘口氣，想必很辛苦吧？
>
> 可是，即便是看似無事之人，也有很多人是背負著各自的十字架，努力過每一天。既然是自己選擇的道路，與其躁進不如持盈保泰。
>
> 但是，事情悶在心裡會生病的，至少可以找姐姐商量。

儘管如此，母親還是憑著她天生的好奇心和積極的性格，克服了各種困難。然而，由於父親的過世，他們的婚姻生活在十四年內就宣告終止了。

父親在我就讀中學一年級時，被診斷出罹患肺癌末期，只剩半年的生命。家人幾經猶疑，不知是否要告訴他，想知道真相的父親和選擇隱瞞事實的母親之間遂產生了爭執，自此，父親完全不碰母親所做的料理，也不再跟她說一句話。

父親的「沉默」持續了一年半之久，直到死前為止。

另一方面，母親只是一個勁兒地說話，就好像對著牆壁講話一樣。父親過世後，母親在日記中寫道：「夜裡，一個人躲在棉被中，感覺好孤寂，不禁潸然淚下。」

即便母親的姐姐們懇求父親「她只是照著她的想法去做，看在我們的面子上，原諒她吧。」父親也只是不發一語，面露微笑。

即使夫妻之間進行著這麼一場痛苦的心理戰，這段期間，母親仍一邊壓抑著自己無處發洩的情緒，一邊將再怎麼努力做卻都不獲父親青睞的菜單記錄在日記上：

- 採購熬煮的材料、碎牛肉、油豆腐。熬煮魚肉，會願意吃嗎？
- 今天做紅燒鯛魚、醬油滷里脊肉、清燙茼蒿、蘿蔔絲
- 昨天情況很順利，所以今天決定吃許久沒吃的中華料理。紅燒豆腐、炒豬腰花、粉絲豬心湯、中式酒蒸鯛魚頭、綠色蔬菜。做出美味料理
- 煮青菜、燙空心菜、燉鰈魚、味噌湯

・中式炒青菜、炒韮菜、香菇紅蘿蔔炒白菜、蘿蔔雞湯、油煎鰈魚、醬油豬舌
・鴨兒芹、煮款冬、醬油煮款冬葉、燒烤味噌油豆腐

母親失去了對話的對象，所以企圖透過料理和父親溝通。這些都是好酒的父親喜歡的料理，但是，父親幾乎連碰都不碰一下，仍然採取抗拒的態勢。

關於湯豆腐，在母親的日記上這樣寫著，看著內容，感覺猶如胸口被刺了一刀般：

湯豆腐。他碰也不碰我滿懷關心特地做的料理。我好生氣，心頭有深深的空虛感。

母親沒有放棄希望，仍然繼續做各式料理，也許料理是維繫她和父親間互動的唯一方法吧。

一九八四年，父親最後一次住進醫院的前一天，也就是他在自己家裡的最後一

晚，母親為他準備的餐點依然是湯豆腐。日記上這樣寫著：

11／16

今天晚上也許是他在家的最後一夜，然而父女卻都吃不下飯，連話也沒辦法說，這讓我有說不出的落寞感。也許這才是他的真面目。我告訴自己，以前一家和樂聚在一起，一邊裝出笑容一邊談話的景象全都是騙人的。

做家人就是這麼難。父親依然不碰母親滿懷愛意所做的「最後的湯豆腐」，只吃我做的菜粥和燙青菜、燉鰈魚，隔天也是在我的陪伴下前往醫院的。

很多朋友都推崇父親是一個隨時隨地保持泰然自若的態度，同時又是一個心胸寬大的人，然而他卻幾乎從不提及自己的心情。

父親的心像貝殼，一旦閉闔起來，就不輕易敞開。每次他一關上心門，母親就一定不好過。不管她說什麼、問什麼，答案永遠只有「嗯」、「哦」。母親的姐姐們私底

下甚至稱父親為「嗯哦大叔」，可見情況有多嚴重。

最近，聽阿姨說，母親了解到直接對父親說話也沒什麼意義，於是她嘗試故意用父親可以聽到的聲音，大聲說出要告訴父親的事情，請話筒那邊的阿姨陪她演戲。

最近我找到母親留下來的日記，聽阿姨細數過去，這才知道母親當時的苦惱。也許母親是用她一直不變的開朗態度來保護我跟妹妹，讓我們不至於在夫妻之間的風暴中遭受波及。

父親過世後八年，母親也因胃癌辭世，一想到可能是因為父親的性格造成她精神上的負擔使然，我就有點恨起了父親。

父親和病魔對抗的那段時間，母親默默支撐著父親，在那段日子裡，她應該忍受了許多事情，也有著滿腹的辛酸。照道理說，在我跟妹妹都長大成人、獨立生活的現在，她應該可以輕鬆的和朋友去旅行、重新開始年輕時學過的彫金技藝、找一個體貼的對象再婚，不用再牽掛任何人，快快樂樂過她自己的人生。然而卻事與願違，身為她的女兒，我感到無限的遺憾。

儘管如此，母親在日記上寫下了她跟父親邂逅和生活中的點點滴滴。看著日記的內容，可以深刻感受到，即便在最後那段日子中她只能自問自答，她對父親的愛意卻依然不滅。這段人生雖然比別人短而且辛苦，但是我知道其中卻有著屬於母親自己的幸福。

惠民有哪裡好？我是被什麼所吸引而跟著他的？

在我交往過的所有人當中，他是最不機靈，最不帥氣，也最不瀟灑的人。

可是，他卻有一種莫名的安適氣質。

我緊緊跟隨他是為了什麼呢？是什麼原因呢？

我不是很清楚，但是我的性格似乎跟父親很相似。我確實不擅於用言詞來表達自己的想法。開始過婚姻生活之初，「好喜歡你」、「好愛你」之類的話語可以輕輕鬆鬆應付各種場面，但是隨著時間的經過，卻出現了跳脫這種常態的瞬間。回過神來時竟發現自己總是以「沉默」來面對一切，心中不禁感到黯然。

我的行動模式不就跟讓家人苦惱不已的父親一個樣嗎？

人心是很複雜的，我也快接近母親過世的年紀了，但是，現在的我還是無法理解母親一直忍受保持沉默的父親的心情。我想，換作是我，早就逃之夭夭了。

但是，從日記當中我得以知道，母親從父親身上得到了「安適」的感覺，這讓我略感欣慰。

回憶中的食譜：番茄炒海參

一摸就能感覺表面有微微的凸起物，黏糊糊的，絕對不會讓人有任何食欲，這就是海參。海參乾燥之後會變得像石頭般硬，就算放在廚房裡也不會被人當成是食物。

話是這麼說，但海參卻是我很喜歡的食材。

在日本，一般人是當成醋拌涼菜或加工後再吃，但是在臺灣卻是將乾燥的海參泡水發乾，或煮或炒來料理，是常吃的一道小菜。

海參可以提高腎功能和造血作用，也具有改善肌膚的效能。「身為女孩子，就要讓肌膚水水嫩嫩的。」媽媽這樣說，因此從小就常做海參料理給我們吃。

乾海參要花一星期的時間去掉髒汙，泡水發乾，所以不是一道想做就可以立刻做出來的料理，但是正因為費工，所以美味更是倍增。

調理的方法不是常用的醬油燉煮，而是用番茄來炒，味道很溫和，吃起來很爽口。

○材料

海參

番茄

大蒜

蔥

綠豆芽（調色用）

鹽、胡椒、馬鈴薯粉

○作法

1. 大蒜切絲，海參切塊，番茄切成厚片，蔥切段
2. 大蒜爆香之後，加進海參熱炒
3. 再放進蔥、番茄，最後加入綠豆芽等青菜調色
4. 用調味料適度調味
5. 用加水溶解後的馬鈴薯粉勾芡

不看・不說・不聽

臺灣的夏天只能用一句話來形容，那就是熱。

至於有多熱，只覺得從鼻子吸進肺裡的空氣就像熱風一樣，路上的瀝青像平底鍋一般灼熱，簡直像個要把人們的幹勁都給蒸發掉的灼熱地獄。感情再怎麼好的情侶在這個時期恐怕也不想手牽手了。

光這樣寫就回想起那種暑熱，覺得好像全身都要噴汗了。

生活在一九七〇年代這樣的臺灣，離家步行三分鐘的地方有一家美容院。母親嫌在炎熱的夏天自己洗頭太麻煩，都會跑到那邊去洗頭。美容院裡的姐姐們都會體貼的陪我玩，所以我總是開開心心跟著母親去。美容院位在公寓的一樓，一向都很熱鬧，連來洗頭的阿姨們的笑聲都傳到外頭去了。

要大家去想像東京那樣的漂亮美容院是有點困難。把它想成是位於偏遠鄉下的古早理髮店景象可能會比較貼切些。門口的附近坐了一整排的阿姨們，每個人的頭上都捲著幾十個熱髮捲，上頭罩著髮網，整個頭都伸進宛如電鍋和安全帽合體的粗糙「鍋子」中，愉快的談笑風生。

在臺灣的美容院，一坐到椅子上，店員就會開始先按摩。店員會一邊按摩一邊問「今天要做什麼？」客人就會要求「洗頭」、「剪頭髮」、「染髮」。

話是這麼說，可是店員會毫不馬虎的用力按摩五分鐘以上，所以母親一直很滿意，說這樣就夠幸福了。

按摩之後就是洗頭。店裡面寄放有客人個人的洗髮精和潤絲精，這就是身為常客的證明。

「去拿妳媽的洗髮精。」

每當美髮師派給我「工作」，我就有一種變成大人的喜悅感，歡歡喜喜去找東西。店裡牆邊的置物架上隨意塞著一些洗髮精瓶，分別用麥克筆在瓶身上寫著「林太太」、「李太太」、「謝小姐」、「黃婆婆」等。

在日本身為「一青和枝」的母親到了臺灣，也被冠上父親的姓，被稱為「顏太太」。「顏太太」感覺上像是「胖臉小姐」一樣❶，以日語來看，是相當難理解的名詞。我總是無法順利找到寫著「顏太太」的瓶子，因為瓶子實在太多了。當我愣在那邊時，美容師就會迅速現身幫忙，三兩下把標的物給找出來。

臺灣式的洗髮是坐著洗的。不弄濕頭髮，擠出大量的洗髮精，把裝在像是油瓶一

❶ 日文中的「太」有著「大、胖」之意。

樣的塑膠容器裡的水一點一點加在洗髮精上，然後將洗髮精和水放在頭頂上搓揉。很快的，像起泡奶油般的泡泡就冒了出來，接下來洗髮小姐就會用力按壓頭皮。

也許是太舒服了，母親會揚起嘴角，帶著些微的笑意，閉著眼睛，沉沉睡去。因為母親的表情看起來太幸福了，我便央求著「我也要洗」。

我坐到母親旁邊的座位上，頭上也像母親一樣冒出起泡奶油，到這個階段，我都覺得挺樂的，可是頭皮按摩對小孩子來說還太早了些。美容師小姐的指甲用力搓揉著我的頭皮，不要說舒服了，我甚至痛得哭了出來。「不要那麼用力抓我的頭」我說道，結果被美容師小姐嘲笑，從此我就不再要求要洗頭了。

待母親吹乾頭髮，離開美容院之後，回家之前，我們都會繞一下遠路去一個地方，那就是位於美容院後面的寵物店和冰淇淋店。

寵物店很大，就位於十字路口的轉角處，一踏進店裡，頓時就會響起狗兒們不亞於路上汽車噪音的吠叫聲。

店裡有幾個鐵格子的籠子，大型犬在裡面來回走動，可是好像沒有可以養在室內的可愛臘腸狗和貴賓狗、西施犬。在我的記憶中，店裡都是拳師狗或杜賓狗、牧羊犬等看起來很凶狠的大型犬。

天氣熱的時候，店員叔叔會從籠子旁用水管噴水，讓狗兒們涼快涼快。也許是全身的毛沾了水變重的緣故，明明是大型犬，卻露出一臉可憐兮兮的表情。因為經常往返於日本和臺灣間，所以我無法養寵物，對我來說，這裡是我非常喜歡的地方，但是也不知道什麼時候關了起來，現在變成了外國進口車的展示場。

離開寵物店後，接下來我們前往的目的地是有著紅色「小美」標誌的冰淇淋店，大概類似日本的不二家或Cozy Corner。這是臺灣第一家賣香草冰和果凍的老店舖，店裡一直都人滿為患，而且這樣的景象不只限於夏天。

這家不喜歡甜食的父親絕對不會來的商店是我跟母親的秘密場所，怕吃太多會吃不下飯，所以我們母女經常只點一客果凍一起吃。

吃完了還可以帶冰棒回家。店裡面擺放著三個大型的冷凍櫃。因為不是透明的玻璃櫃，得要打開才能知道裡面放了什麼冰。我的身高太矮，沒辦法看到裡面，所以都是由母親抱著，把半個身體探進打開蓋子的冰櫃，選購冰棒。

紅豆、綠豆、花生、芋頭、牛奶、檸檬、草莓。

種類超過十種以上，我總是選擇最愛吃的酸梅，母親則選擇紅豆。

臺灣的夏天實在太熱，我並不喜歡，但是，母親每次去美容院時，我就可以吃到冰淇淋或果凍，所以我覺得炎熱的夏天也不全然只有壞事。

在臺灣過夏天，我們母女最大的享受便是愛玉。

愛玉是像瑪瑙一樣有著淺黃色色彩、無味無臭的膠凍。一到夏天，把大量的冰和檸檬及愛玉放在洗衣盆的攤販就排列在路邊。

「我要一杯！」只要跟老闆么喝一聲，用杓子舀出來的愛玉就會被裝進塑膠袋裡，插上吸管，袋口用繩子一綁，就遞了過來。

只要往吸管用力一吸，滑溜溜的愛玉便會滑過喉嚨，順勢流進胃袋。一股涼意隨著檸檬的酸味竄遍全身，感覺體溫好像一口氣下降了十度。

愛玉在市場就有賣。一大塊滿得好像要溢出來的愛玉至今依然被放在洗衣盆裡，老闆是秤斤論兩的賣。夏天要到市場去時，我們總會帶著洗臉盆出門。把洗臉盆遞給老闆，請他幫忙盛裝最大份量的愛玉，然後小心翼翼捧回家。

一到吃點心的時間，母親就用從日本寄送過來的哆啦A夢刨冰器製冰，把愛玉放在冰上面，再澆上檸檬汁和砂糖水，這些都是絕對少不了的。

沒有愛玉時，就用果凍或蒟蒻來代替，但是愛玉那既不是果凍也不是蒟蒻，軟硬適中的獨特口感卻是其他任何東西都無法取代的。回日本生活後，一到夏天，我跟母親就特別懷念可以消暑的愛玉。

我升上高中一年級的那年夏天，臺灣的姑姑寄了一個小包裹來。打開一看，裡面是個大塑膠袋，塑膠袋裡裝了一大袋的木屑，還附上一張紙條，上面寫著「找到小妙喜歡的愛玉了！」原來姑姑幫我寄來了愛玉子。

雖然滿嘴說喜歡喜歡，事實上我根本不知道愛玉是如何來？又是怎麼做成的？知道那些看起來像是一般木屑的東西竟然就是愛玉的種子時，不禁讓我大吃一驚。

說到愛玉的作法：

1. 準備一個大小可以放進一塊香皂，縫眼很小的布袋
2. 把愛玉子放進袋子裡，泡在裝了水的容器中，用手揉搓
3. 水會泛黃，產生黏性，待種子凝固成一整塊時就停止
4. 放進冰箱靜待一～二小時，凝固成形的愛玉於焉完成

看起來好像很簡單，所以一開始，我半信半疑地嘗試挑戰。

結果愛玉完全沒有凝固的跡象，只是像葛湯❷一樣黏稠。要不就是在我製作的過程中就開始凝固，無法順利成形。經過一再的失敗之後，我終於找到水和種子間的「黃金比例」，不禁大喜過望。順便告訴大家，按照我的感覺，「黃金比例」是五百CC的水對上兩匙左右的愛玉子，訣竅是別太吝嗇使用愛玉了。

在臺灣，這個被稱為「愛玉」的不可思議的種子名稱由來有一段廣為流傳的老故事。

十九世紀初，有一個來自中國福建省的商人，經銷臺灣嘉義縣的農產品。某天，因為天氣太熱，他覺得口渴，想喝溪流裡的水，卻發現水面是凝結的，遂伸手舀起來飲用，結果感覺非常冰涼。男人覺得很不可思議，凝視著水面，發現樹上的果實掉落在水裡，讓水變得帶有黏稠性。男人撿起了樹果，帶回家裡清洗，結果發現水在瞬間就變成了膠狀。

男人有一個女兒叫愛玉。女兒開始將父親搓洗果實所製成的膠狀物拿去販賣，結果大受歡迎，於是不知不覺中，人們都叫那個膠狀物為「愛玉」。

❷ 葛湯，由葛粉所製成的飲料。

原來還有這麼一段有趣的故事。

話又說回來，按照植物學的分類，愛玉是桑科無花果屬的蔓藤性植物，果實呈綠色，花朵長在被稱為花囊的囊狀體當中，和無花果類似。不同的是，無花果成熟之後，整顆果實會變軟，容易入口，而愛玉則相反，外殼會變硬，沒辦法食用。像木屑般的種子會從外殼的裂縫中探出頭來，姑姑寄給我的愛玉子就是這些種子經過乾燥的過程後形成的。

吃起來滑溜順口的愛玉也很受母親日本這邊的阿姨和朋友們的好評。一到夏天，我就很得意的把種子塞進袋子裡，大量製作愛玉，招待訪客。

母親不愛名牌，但是對衣服的選擇卻有著極為獨特的審美眼光。她會將高品質的喀什米爾、絲質的衣物和在附近商店買的無牌襯衫搭在一起，再搭上得宜的小飾物或手提包，非常懂得搭配。

我記得很清楚的一件事情是我就讀大學時，某天她突然買了一條像是小紅豆❸穿戴的深藍色披肩。當時沒見過有人披戴那種東西，所以跟母親一起外出時，我都覺得好難為情。沒想到幾年後，那款上衣有了一個名稱叫「披風」，而且大為流行，讓我大吃一驚。

此外，她還會在上窄下寬的褲子流行之前就穿著下襬較寬的褲子，或者熟練的搭配皮帶或披肩等小物，現在回想起來，母親跟中規中矩、沒有個性的我完全不同，她的時尚觀有著強烈的意志作後盾，她想怎樣穿就怎樣穿。

母親的時尚感到底是從什麼時候培養出來的呢？我打開母親拍攝的、很老很老的相簿來查證。

小學生——頂著如河童般的髮型，還有直線條的身體，怎麼看都像是男孩子。身上也只穿著白色上衣搭短褲，非常普通。

中學生——頭髮長至下巴一帶，制服也是裙子，所以看起來有女孩子樣了。升上高中之後，也只看到她穿制服所拍下的照片，根本看不出有一絲絲的時尚感。

高中畢業後，穿便服拍照的機會就增加了。頭上戴著有赫本味的帽子，搭上簡單的連身裙，大圖案的長褲配上從頸部繞到頭上的大披肩，高跟鞋搭上風衣。打扮得像

❸ 小紅豆，日本卡通人物。

是電影中女主角的母親出現在我眼前。

有個男性對這個時期，也就是和父親結婚之前的母親知之甚詳，姑且就稱他為Ａ先生吧。

我是在就讀高中時第一次見到這位Ａ先生。當時父親已過世，母親介紹他是「認識很久的朋友」，我和母親、妹妹還有Ａ先生四個人一起到百貨公司去吃飯。

他給我的第一印象是，頭髮比父親多很多，是個看起來很溫柔的叔叔。

Ａ先生是母親和父親結婚之前就認識的朋友，在大企業工作。現在已經退休的Ａ先生出生於東京，是畢業於一流大學的精英。說明至此，大家可能會聯想到一個高個子、高不可攀的花花公子型人物。事實上，Ａ先生是一個個子不高、圓臉，有著一雙骨碌碌下垂眼睛的人，是屬於適合穿著和服便衣，在講究人情義理的老鎮生活的寅次郎春❹之類的類型。他比母親年長十歲，他們好像是在母親二十歲時認識的。

從此，每年的每個季節，Ａ先生都會送水果來。母親過世後，看到妹妹出現在電視上，他也會聯絡說：「我在電視上看到了。」一直到現在，他依然很關心我們姐妹兩人。

可是，Ａ先生到底是何許人？說是普通朋友，那人也未免太好了。「他跟母親是什麼關係啊？」

每次碰面，我都好想問個清楚，可是卻遲遲開不了口。而當我把我寫的第一本書送給他時，他寄給我一段長長的感想：「從頭到尾莫不淚眼婆娑。」

上頭雖然沒有明確寫著他們曾經是一對戀人，但是箇中含意卻不言可喻。好像是母親在和父親結婚之前，突然就從A先生的面前消失，之後有長達二十年左右的時間音訊全無。父親過世後，兩人才又再度取得聯繫。

今年的夏天一樣酷熱，本想做一些從臺灣帶回來的夏季美味，不料A先生卻突然跟我聯絡，約好一起吃頓相隔許久的飯。

我有一堆事情想問清楚。我提出要求「如果可以，我想在您曾經和母親一起去過的地方碰面」。約好碰面的地點是東京都內某飯店的休息室，這裡是A先生和母親重逢後，經常一起吃飯的地方。

「她說從這裡的餐飲店可以看到外頭傾瀉而下的瀑布，感覺很好。我們吃過飯後經常一起喝茶。」

❹ 寅次郎春，日劇《男人真命苦》的劇中人物。

「回家之前，她總會買在入口處販賣的麵包，說是要給孩子們吃的。」叔叔一邊喝著新鮮檸檬汁，一邊暢談過往。

母親時而會買沒有見過的麵包回家，也許就是在這家店買的。

聽說母親是個好聽眾，回頭想想，好像總是A先生在對母親發牢騷或傾訴煩惱。據說，母親從來就沒有對A先生說過她結婚的對象——父親，還有在臺灣的生活、父親生病的事情。

「看過小妙寫的書之後，我嚇了一大跳呢。沒想到妳母親是和比我年長的人結婚。」

據A先生的說法，母親對於在臺灣的生活之辛苦、父親護衛母親不受來自親戚等所施加的壓力之事似乎只漏了一點口風，但是每當A先生想了解更多時，母親就只是笑著說「不看・不說・不聽」，也沒有再多說些什麼。

這種大而化之的個性正是不拘泥於小事，不懷憂喪志，隨時保持開朗形象的母親的風格。

經他這麼一提，我才想起來，不管是在日本或是在臺灣，我們家的起居室裡都擺放有「不看・不說・不聽」三隻猴子的木雕像。現在我還是不明白，母親是抱著什麼想法拿出「不看・不說・不聽」這三隻猴子來閃避A先生的提問。

不過，經過我運用個人想像力所得到的結論是，我想母親一定是覺得要把在臺灣生活的點點滴滴告訴國情完全不一樣的日本朋友是一件相當不容易的事情。

在異國開始的婚姻生活、在陌生的環境下生活、親戚的互動、可能罹患憂鬱症的父親所做出的奇怪行動，還有照顧子女。母親再怎麼堅強，她都不是女超人，對接二連三發生的事情一定倍感困擾、苦惱、痛苦。

我想，三隻猴子本來的意思是「他人的缺點或自己覺得不恰當的事情就不要看、不要說、不要聽」。我隱約覺得，這句箴言似乎符合母親的狀況。母親把就算她想告訴他人的臺灣體驗也無法獲得理解的無奈心境以幽默的方式來表現，這不就是「不看・不說・不聽」嗎？或許是申年出生的母親從緣自干支的三隻猴子中窺見了深層的含意。

吃過飯後，我和A先生一起走向位於新大谷飯店旁的小公園。「我經常和妳結婚前的母親一起去那個地方，那是個充滿回憶的場所。」走過弁慶橋，在飯店的左手邊走了一段路，我們才抵達公園。

「就是這個公園，錯不了。」

A先生一邊無限懷念的走著，一邊用力踩踏著園內的土地，他的臉上綻出了笑容。這個清水谷公園以前是紀州德川家的上屋敷❺所在處，之後大久保利通在紀尾井坂之變❻中在此地遭到暗殺，這個地方因而廣為人知。

A先生指著公園的長板凳告訴我：「我們兩人會坐在那邊，一直聊天，聊到天色昏暗。」

「那個時候，男女間的交往光要握個手就很不容易了。在公園裡，我的一顆心不停的狂跳，」A先生詼諧的喃喃說道。我因為找到了一個有母親回憶的地方，內心無比歡喜興奮。

A先生是這樣形容他跟母親之間的關係的。

「隨著交往越來越認真，我開始在意起我們之間的年齡差距，我遲遲說不出最後那一句話。正當我一直苦惱著該怎麼辦時，妳母親就不見了蹤影。我無法理解發生了什麼事，就這樣任憑歲月飛逝。很多人都跟我提過相親的事情，但是我一直沒有結婚的念頭。我這一生認真交往過的人就只有妳的母親。」

讓A先生至今依然這樣懷念的母親真的這麼有魅力嗎？但至少對A先生而言，

母親絕對是他可以不用虛張聲勢，傾吐內心真心話的寶貴存在。

A先生說，自從母親失蹤之後，為了彌補內心的空洞，他拚命投入工作中，在公司裡的職位順利的一路往上升。想要在社會上獲得相對的地位應該要具備明確的判斷力和下決定的堅定意志吧。A先生明明有這種能力，卻在和母親的感情互動上表現不出強勢的一面，我相信，那一定是因為A先生有著體貼溫柔的特質。

我不知道母親對在父親過世之後重逢的A先生有什麼想法。她想回到青春時期嗎？還是擔任母親這個職業，需要有休息的時候呢？

要不是母親因病過世，他們會結為連理嗎？

一想到種種的「也許」，思緒就沒完沒了。但更重要的是，現在，除了家人，他是最了解母親、最支持我們姐妹的人，我覺得這樣就夠了。

回到家，我做了愛玉，以冷藏運送的方式寄給了A先生，還附帶送上摻有檸檬的蜂蜜水。幾天之後，A先生告訴我「很好吃」，同時提出邀約「下一次，一起去看看妳母親以前很喜歡的淺草花屋❼吧？」

❺上屋敷，江戶時代，高級武士尤其是各國諸侯蓋在江戶市中心，做為平常落腳處的宅邸。
❻紀尾井坂之變，一八七八年，日本明治維新的元勳大久保利通，於此處遭到暗殺一事。
❼淺草花屋，位於淺草的一座遊樂園。

Q彈雞凍

我喜歡熬煮的料理。從小一路吃到大的臺灣料理常是「燉煮」的。很多湯點都是放雞、豬、魚等進去煮，母親總是一邊喃喃說著「變好吃吧」，一邊咕嚕嚕的煮著什麼東西。

我們家是不做年節料理的，相對的，卻一定要煮雞湯。作法雖然不是那麼難，卻要花費很長的時間。

首先要把在十二月三十日晚上買回來的雞清洗乾淨，浸泡一晚的水。隔天三十一日，一早就將雞連同大量的大蒜和長蔥、生薑和一公升瓶裝日本酒倒進圓筒鍋裡，加上水，開火熬煮。持續咕嚕嚕熬個大約半天的時間，鍋裡便能熬出有點白濁、不亞於拉麵店的濃郁雞湯。

湯頭含有大量的膠原蛋白，冷卻之後就會變成咕嚕嚕的Q彈雞凍。正月的頭三天，母親就以這些湯為基底，做出各種不同加了雞湯的料理。元旦當天，她會用鹽來調味雞湯，並加入烤過的年糕，再放上鴨兒芹和柚子，做成「雜燴」來吃。第二天在湯裡面加上蔬菜和肉，調成味噌的味道，做成「蔬菜豬肉味噌湯」來吃。第三天，在湯裡加飯，打進蛋汁，就可以享受到「菜粥」的美味。

雞湯就是我們家的「正月美味」。

一到年底的三十號，我們就會出門去採買過年要用的食材。我們一定會去的地方就是上野的阿美橫町商店街。我們擠在人群中，到母親經常去的店家購買鮭魚和醃鮭魚子、鯡魚、海苔等。

年底天氣寒冷時，我們不是到阿美橫町去，就是進行大掃除。雖說是風俗習慣，但是自小心中就一直有個模糊的疑問。我常常在想，阿美橫町商店街所賣的東西在我們家附近也買得到啊，利用春天或夏天的時候做大掃除不是更好嗎？可是，每當我這樣問，母親就會笑著說：「說的也是～小妙說的沒錯呢。」但也只是說說就算了。

結束遠征上野的採買之旅，接著我們會前往附近的商店。

「五丁目的顏太太」是商店街的大戶。父親愛喝酒，在家吃飯時，母親至少要為他準備五道以上的下酒菜。也許是每天去購買新鮮的魚或肉的緣故，只要一看到母親，商店街的人就會大聲招呼「顏太太」，並開始大力推銷「我們進了很好的白肉魚哦」、「買些橘子回去吧」。

而母親總是適度的回應他們「啊，看起來好像很好吃」或者「能不能算便宜點」，同時一邊走一邊物色東西。她的眼光十分嚴謹，會明確篩選東西的好壞，一旦選定要購買的東西，就會露出滿臉笑容，開始進行殺價大戰，「尾數不需要吧？」、

「沒有附贈其他東西嗎？」

在臺灣市場買東西時，每個人都一定會殺價。母親可能也因此訓練出一身的功力，回過神來時，母親竟成了「殺價高手顏太太」，店裡的人都說「實在拗不過顏太太」。

謝謝大叔——一旦殺價成功，母親整個人就一副喜出望外的樣子，連周遭的人也都受到她的影響，露出一臉欣喜的表情。

口齒清晰伶俐，喜怒形於色的母親的表現，對不擅於表達意思的我來說實在太帥氣了。看著母親在商店街裡衝鋒陷陣的身影，可說是一種莫大的樂趣。

每到年底，母親總會請魚店老闆準備生魚片用的鮪魚和白肉魚，請雜貨店的老闆把白蘿蔔和蓮藕等根莖類或葉菜類等蔬菜裝在橘子箱裡整箱送到家裡來。至於最重要的雞湯，她會親自到事先訂好的肉店去拿回來。最後，她會到位於商店街後方的酒莊去訂幾瓶一升的瓶裝日本酒，這是固定不變的路徑。

父親還在世時，母親經常大量且頻繁的跟店家訂瓶裝啤酒和不倒翁威士忌，但在父親過世之後，就只訂購日本酒了。

關於日本酒的一升瓶裝酒，母親有她獨特的使用目的。除了分裝成小瓶當成料理酒使用，她還會倒進浴缸的熱水中泡酒澡。

泡酒澡的日子裡——

「好像有點太奢侈了呢，嘿嘿嘿！」

明明沒喝酒，她卻兀自情緒亢奮不已。聽說泡酒澡會讓人感覺比平常的洗澡水溫熱，肌膚也會光滑有彈性，但是，隨著水氣竄升上來、經過溫熱的酒精味道卻讓我感覺像是用大浴缸熬煮雞湯般，有點不舒服。

關於正月的美味——雞湯，有一個讓我忘不了的回憶。某一年的除夕傍晚，當母親以為今年應該也可以煮出可口的雞湯，而往鍋裡窺探的瞬間，家裡的門鈴響了。在除夕夜這時候，根本就沒有預期會有訪客到來。

「是我還訂了什麼東西嗎？」母親一邊忖道，一邊拿起對講機，結果聽到對講機那頭響起了一道又大又清晰的聲音說：「我是〇〇。」是隔壁的阿姨。母親到門口去迎接，我只好代替她去看著雞湯鍋，我可以聽到母親和隔壁的阿姨在門口的對話。

「您好，有什麼事嗎？」母親問道，隔壁的阿姨對她說：「能不能請妳把府上的通風扇蓋個罩子？」

「什麼意思？」母親的語尾帶著「？」的感覺。

隔壁阿姨的意思是，從通風扇吹出來的大蒜味和香辛料的味道讓人無法忍受，如果不能幫通風扇蓋個罩子，那就別用風扇了。

加了大量大蒜熬煮的雞湯味道或許是真的濃郁了些。我們家平常就經常做中式料理，隨時都吊著一整個網袋的大蒜，不消多時便會用個精光，母親的手指頭也常有大蒜味。想必我們家平常就經常會飄出味道吧？我想隔壁的阿姨一定是終於受不了了，所以才上門來抱怨的，可是除夕當天才來講這種事……

我們家通風扇的出口剛好對著隔壁家廚房的窗戶，所以就算蓋上罩子也沒什麼意義。再說，關掉通風扇，闔上窗戶做料理根本是不可能的事。

母親的個性特質是不會為大小事煩惱，也許這是一青家共同的性格，總之，她是一個沒有晦暗特質，性格直爽乾脆的人。

不行的事情就是不行。我小時候老是賴皮的要這個、要那個，可是幾乎都過不了母親這一關。以現代的說法，我想她就是一個「堅定不可動搖的人」。

關於鄰居抱怨通風扇一事，母親也只是說「那本來就是無理的要求」，然後就像什麼事情都沒有發生過一樣。我們家大蒜和香辛料的消耗量依然沒變，她還是一樣在年底煮她的雞湯。

從此，這位鄰居緊閉廚房窗戶的機率就增加了，幾年後的某天，他們突然就不知道搬到哪裡去了。

正月從母親那邊拿到壓歲錢，跟她會在年底花很多時間熬煮雞湯雜菜煮是兩個不變的慣例。

我們家的壓歲錢額度有一個規定，那就是年齡乘上五百日圓。這是父親生前訂下的規矩。給錢的人不用為額度煩惱，也許樂得很，可是我們收錢的人在心情上就有一點複雜了。

若以這種方式來計算，小時候每年增加五百日圓會覺得金額很大，可是到了某個年齡後，領到的壓歲錢跟前一年只差五百日圓而已，總讓人有覺得不太夠的感覺。

進大學後，這個規矩依然沒有改變，我曾經跟母親交涉增加額度的事情，可是母親始終不答應。

一九九三年一月一日，如果沒有計算錯誤，已經二十三歲的我應該是要拿到二十三×五百＝一萬一千五百日圓的壓歲錢才對。然而，母親給我的卻是一個紅包袋。

袋子裡面有三張一萬圓的紙鈔，還有一封信。我沒有看信，倒是直盯著一萬圓紙鈔瞧，母親見狀，一邊苦笑，一邊指著信說「先看信」。

兩張淡粉紅色的無底紋一筆箋❶上面這樣寫著：

小妙
新年恭喜
謝謝妳去年的幫忙
他們說，手術之後三年是生死的關鍵
今年請再默許媽媽任性一年
媽媽也會為自己努力
我為妳的活力之旺盛而感動
請再度自我檢視希望自己將來是什麼模樣，以盡到學生的本分

母親筆　元旦

是的。

兩年前被告知得胃癌時，母親當場就說「我現在不能死」，當下就決定了手術的

❶ 一筆箋，長形便條紙。

日程，一點猶豫都沒有。

母親是在一九九一年三月份接受胃部的全摘手術。從這一年的三月開始，就進入術後的第三年。對母親來說，這大概是決定這一年是否會成為她踏進鬼門關的決勝負的一年之始吧。這一年我拿到的是附了一封滿懷許多思緒的信件，還有壓歲錢。

母親動手術的那一年，她跟我還有妹妹都沒能真正理解到底發生了什麼事，只覺得眨眼之間，一年就過去了。

父親生病的期間，母親一直守護著我跟妹妹。生活步調雖然有些微的變化，但是基本上，上有母親，下有孩子的家族構圖並沒有改變。然而，父親過世，母親生病之後，應該為孩子頂起一片天的雙親剎時都不在了，家族的構圖便起了重大的變化。

當初母親只預定住院二～三個星期，可是後來卻拉長到從三月住到七月，整整有四個月之久。於是妹妹跟我就得分擔起以前由母親一肩扛起的家務。金錢的進出、採買食材和日用品、料理和打掃、洗衣服等等所有多不勝數的家事，當自己真的扛起來做之後，這才驚覺真的很辛苦。

舉日用品為例。廁所的捲筒衛生紙或抽取式面紙用完之後，只要到倉庫去就有存貨，所以從來沒有缺用過。香皂或洗髮精、潤絲精快要用完時，只要對著母親喊一聲

「快沒了哦！」事情就解決了。

我打開倉庫的門要拿帶到醫院去的抽取式衛生紙時，才發現上頭貼有母親的備忘紙條：

衛生紙　8　正一
香皂　2打
沙拉油　5瓶
茶　烏龍茶
茉莉花
清茶

我想是母親把收納在倉庫裡的東西列成了清單，而寫在下頭的正字則是每次拿出來使用時就填寫上去的數量。我因而知道了母親是如此鉅細靡遺管理著家裡的物品。從此，我開始會記得要去注意一下家中快要用完的東西。

為了儘量不讓沒有母親在家的房子顯得太散亂，我們小心翼翼只使用到最低限度要用的地方。一個星期會用吸塵器或抹布清理家裡一次，但是不知為何，二～三天後，赤腳走在木頭地板上就會有沙沙的感覺。於是我了解到，房子這種東西，就算關上門，就算不使用，也還是會累積灰塵、變得髒汙。

洗臉台的四周動不動就會掉滿我跟妹妹的頭髮，堵住排水口。我想起母親總是說：「家裡有三個女人，就滿是掉落的頭髮，真是傷腦筋耶！」現在我真實感受到原來她說的是這麼一回事。

玄關前堆滿了落葉，瞬間就長滿了雜草。某一天，有人在信箱裡丟了一封沒有具名的紙條：

> 如果任由雜草這樣繼續叢生，每天早上就沒辦法神清氣爽的散步了。請讓我們能輕鬆愉快的散步。

雖然覺得這是多事人之舉，但是，如果母親在家，我想就絕對不會發生這種事情吧？於是我只好趕緊把草給除乾淨。

本來自以為我們以自己的方式做好家裡的每件事了，結果還是得勞煩阿姨們不遠千里而來，她們就像出現在格林童話中的「鞋匠與小精靈」的小精靈一樣，幫我們整理原先沒有注意到的地方，甚至幫我們做好美味的飯菜，拜此之賜，我們姐妹兩人得以撐到母親出院那天。

出院後，母親除了為下半身的尺寸從十一號變成七號而大喜過望，一切都看似跟以前一樣。母親回到家一個星期後的週末，我們一家三口前往自由之丘購物。我們恢復了和母親住院之前一樣的正常生活。

自由之丘雖然距離我們家最近，卻是一個很特別的場所。那裡有父親經常去的壽司店和蕎麥麵店，也有母親購買鹹烹海味的店家、為我們姐妹買布的手藝店、逛櫥窗的西服店等。也有放學時和妹妹、母親約定碰面的車站。

只要母親說「我們去自由之丘吧」，我們就會立刻放下手邊的所有事情出門去。因為我們知道，去自由之丘就可以一起吃美食。

母親手術之後和我們一起外出時，也許是因為摘除了整個胃，覺得逃過了癌症的魔掌，母親與我們姐妹兩人從自由之丘百貨公司的這端走到另一端時，一旦發現有店家關門又新開幕，便喜孜孜的到處窺探，歡欣著「我可以像普通人一樣走路了」，母親當時的身影讓我留下了深刻的印象。

一般說來，一旦摘除整個胃，每一餐可以吃的量就會銳減，而且最好避免吃不容易消化的食物。聽說也有人將一天三餐分成五餐來吃，可是母親出院之後仍然一如往常為我跟妹妹煮飯，而且也跟我們一起吃。

不同的是，她只要站久就會覺得疲累，所以便把椅子搬進廚房，炒菜或者洗碗筷時，都是採半坐半站的態勢。飯後為了預防出現damping syndrom症候群❷，她開始隨身攜帶糖果，這是我唯一記得的印象。

現在回想起來，也許她是趁我到學校上學的時候，吃了適合自己的、比較好消化的食物。也許在我沉沉入睡時，她持續因為消化不良而難以入眠。這麼一回想起來，思緒就沒辦法停止，但是母親為了不讓我們姐妹擔心，幾乎從不曾在我們面前表現出不適的樣子。

母親的生病和住院讓我發現到，自己以前有多麼自私，只想到為自己而活，從來沒有過為他人著想的念頭。而且也深刻體會到，母親總是在家等我們回家的狀態對家人而言是最大的安心和幸福來源。我暗自下定決心，要從來沒有說過任何任性話的母親在今年好好任性一番，然而，就在那一年的三月，母親過世了。

❷ damping syndrom症候群，接受胃切除手術後的患者，飯後會感到嘔吐、心跳、流汗等症候群。

沉睡星人

大胃星人、宇宙忍者星人、美胸星人、不可思議星人。

如果除了地球還有人類可以生存的星球，我一定是來自睡覺星球「沉睡星球」的「沉睡星人」。

沉睡星的人民有三大義務，就是睡眠、飲食、洗澡，尤其是睡眠，這是這個星球的人民最重視的義務，同時也是神聖的權利。

人們相信不受任何打擾的睡眠是最大的幸福，除了早、午、晚三餐和洗澡之外就是睡覺。國民的性格都是超級和平主義者，而且都擁有一顆體貼的心，只要有人因為睡不著而受苦，就會好心陪著他、哄他入睡。人民比其他星球的人都愛好睡眠，大家都不斷追求新紀錄，想知道每天可以長睡多久？

研究活動也很熱絡，主要是以睡眠中的「夢」為研究對象。說是研究，其實也只是睡覺做夢而已。

某一天，在研究（夢）當中，我接到了「一個叫『地球』的星球上有許多人因為睡不著覺而飽受困擾。身為沉睡星人，應該讓更多的人，哪怕是只多一個人也好，知道睡眠所帶來的幸福感」的報告。於是，我來到了地球……

從小就異常愛好睡眠的我偷偷在腦海中編造了這樣的故事。有人說會睡的孩子長得高，如果這是真的，那麼我的身高一定早就長到三公尺高了吧。

我從幼兒時期就從來不夜啼，總是一覺到天亮，因而著實讓母親擔心不已，以為我真的死翹翹了。在最好玩的小學時代，每到晚上十點，我就會自動溜進棉被裡呼呼大睡。

即便上了中學、高中，每逢期中考、期末考時，大多數的學生都會熬夜唸書，可是，就算沒有溫習完考試範圍，我還是以睡覺為最優先考量，早早爬上床去睡覺。

住在大學宿舍時，每當有人在我睡覺時來訪，同寢室的室友就會對來人說：

「小妙睡覺時絕對不能吵她。」

沒有朋友會在晚上九點以後打電話找我，我過著與夜遊、深夜廣播、收班電車無緣的生活。不知不覺中，我熱愛睡眠這件事便眾所周知，家人或朋友都不會來打擾我的睡眠。

關於睡覺一事，我想起小學三年級時發生的事件。

通常早餐我都是吃吐司，烤麵包機旁隨時都有一斤左右還沒有切開的吐司放在附有蓋子的塑膠盒中。

「小妙，為什麼要像老鼠偷吃一樣只留下吐司邊？」

約在聖誕節前一個星期，母親突然對剛起床的我怒吼。

我搞不懂發生什麼事，愣在當場，這才發現母親指著的餐桌上放著正中央的白麵包部分被挖空，只留下吐司邊的吐司。

我大吃一驚，問道：「糟糕！究竟是誰吃的？」母親說：「只有小妙是這樣吃吐司的不是嗎？」我打一開始就被她當成犯人了。我確實不喜歡吃吐司邊，只挖正中央鬆軟的部分吃；吃蛋糕時也經常留下最底層的皮；吃肉包子時，我也只吃中間的餡料。因為我通常都是這種「奢侈的吃法」，所以會被懷疑也不是沒有原因。

可是，我沒做的事就是沒做。雖然我為自己辯解「我沒有」，但是母親不相信，因而讓我號哭不止。

前一天晚上還完好無缺的吐司，到隔天早上卻只剩下吐司邊，之後這個奇怪的現象又持續了好幾天。母親認定我說謊，還警告我：「如果妳沒有自覺症狀，搞不好就是得了夢遊症。聖誕老公公是不會喜歡這種孩子的。」

對我來說，睡眠是很神聖的事情。偏偏一覺醒來就被懷疑做了壞事，這對孩子幼小的心靈來說是很難過的一件事。於是，我決定要熬夜逮住真正的犯人，同時我也請母親陪我一起破案。

結果我們母女看到了一個讓人不敢置信的景象。

過了十二點的深夜，響起了吵雜的聲音，同時有什麼東西在蠢動。定睛一看，一個比手掌還大的東西正靈巧的推開了蓋子，啃噬著吐司的白麵包部分。是老鼠！

這瞬間就證明了我沒有說謊，也沒有夢遊。隔天，母親為懷疑我一事向我道歉。聖誕節順利的到來，我收到了聖誕老公公比往年多送的一樣禮物。

從此，在我們家就把這件事稱為「吐司洞事件」。每當母親不相信我說的話時，我就像祭出「傳家寶刀」一樣提起這件事，讓母親無言以對。

對了，沉睡星人的特徵在於發達的嗅覺。

一旦進入深層的睡眠，一點小事是別想驚動沉睡星人的。即便在沒有冷氣的盛夏房間裡全身冒汗也醒不過來，旁邊有巨大音量的音樂響著也吵不醒。然而，只要有美味食物的香氣飄過來，那種味道就會融進夢境中，眼睛自然啪的就睜開了。

母親所做的料理香味對我來說，具有強烈的覺醒作用。

青椒的輕微青草味和牛肉混在一起的味道是——青椒炒肉絲。

加了多到會讓鼻腔黏膜發癢的大量大蒜——蒜泥白肉。

嗆鼻的山椒和麻油的味道——麻婆豆腐。
八角的香味——豬腳。
澆在剛烤好的鮭魚上的醬油香或宛如森林浴般的乾鬆魚香是味噌湯。幾乎要溶化喉嚨深處的是薄烤餅的香味。
我之所以能發現日常生活中充滿了這麼多食物的味道，一定是拜睡眠中的嗅覺反而被磨得異樣敏銳之故。
只要廚房裡飄散出可口的味道，沉睡星人就會被吸引醒來。當中最讓我有敏銳反應的便是火鍋。
經過加熱變成煙霧升起的味道不斷飄過來，實在讓人受不了。
出現在我們家餐桌上的各種火鍋中，我最喜歡一種叫「砂鍋魚頭」的臺灣火鍋。
所謂「砂鍋」就是土鍋的意思。「砂鍋魚頭」說得直白些，就是「魚頭煮的土鍋」。
「砂鍋魚頭」跟清燉雞湯砂鍋及涮涮鍋不一樣，湯汁本身有濃郁的味道，鍋裡放了魚、肉、蔬菜等食材，總之，是一種吃起來相當有飽足感的火鍋。就如料理名稱一樣，鍋裡用了帶頭附尾的一整條魚❶，所以只在有訪客或者一定人數的大人在時才會出現在餐桌上，因此更顯得稀少珍貴。

鯛魚或鱸魚也可以用來做食材，但是最適合煮這種鍋的是一種叫「鰱魚」的河魚。所謂的鰱魚在中國和臺灣經常吃得到，就像鮪魚和沙丁魚在日本是眾所皆知一樣，是屬於鯉魚科的魚。其肉質相當緊實，油脂適中，厚實的魚肉也不會太凸出，最適合用來煮鍋。

只要母親到市場買回一整條看似美味無比的鰱魚，我就知道當天的料理一定是「砂鍋魚頭」。光看到大鰱魚的臉，我的心就雀躍不已。

首先在炒鍋裡倒入大量的油，將整條魚放進去油炸。油炸的作法跟竹莢魚的南蠻漬一樣，但是大型魚油炸起來更具震撼力，更能勾起人們的食欲。炸好的魚放進土鍋裡，同時放進大白菜、乾香菇、豬肉、蝦米、竹筍、魷魚、海參等，一口氣熬煮。我不知道該怎麼形容才好，總之，許多食材溶為一體所散發出的味道實在太美味了。我甚至想在睡夢中一直被這種味道所包圍。

食材的鮮味溶入茶色而混濁的湯汁中，變得軟爛的大白菜味道滲在裡頭，喝起來有特別的口感。鍋子裡裝滿了大量的食材和湯汁，我覺得看起來就好像怎麼吃都看不到鍋底。

在中式料理中，魚頭一向被視為珍寶，尤其是眼睛四周滑溜溜的膠質部分，在餐桌上通常都有讓上司或年長者優先食用的習慣。

母親知道我喜歡吃那個部位，一定會各分一隻眼睛給父親跟我。

我們家砂鍋魚頭的味道中絕對不能缺少「沙茶醬」。「沙茶醬」是將比目魚和鰈魚、蝦子、蔥、陳皮、胡椒等油炸搗碎，加入油，做成像味噌一樣的東西。我覺得有點像香港有名的XO醬，但是味道完全不一樣。喝一口加入少量沙茶醬的湯頭，味道濃郁而有深度，勾起人無限的食欲。

在臺灣，「沙茶醬」被視為香、辣、甜、鹹四味合一的調味料，深受大家喜愛。只要再加上香菜和大蒜，有著地瓜形狀的臺灣地圖就會隨著香味浮上我的腦海，這真是太不可思議了。

最近，我懷念起砂鍋魚頭的味道，趁著造訪臺灣之際到餐廳去點了來吃，可是送上來的卻是清湯鍋，味道也不如我所想像的濃郁。也許是因為魚沒有經過油炸的步

❶ 這是一青家的料理法，一般的「砂鍋魚頭」都是只放魚頭。

驟，跟我所熟悉的砂鍋魚頭大異其趣。但是，鍋裡所放的魚，以及不論怎麼吃，鍋裡內容物都沒有減少的感覺倒是一樣的。

這道砂鍋魚頭寫在母親留下的食譜筆記本的第一頁。

對幾乎沒有學做過中式料理的母親而言，這一定也是讓她印象最深刻的一道料理。回到日本後，每到正月，她也會時而發揮她的廚藝，然而，在父親過世那一年十二月的某個平常日，她卻突然做起了這道料理。

當天餐桌上只有我跟母親兩個人。我覺得又沒有客人來訪，做這麼多料理未免可惜，但是在寒冬裡能夠吃到讓身體打從深處溫熱起來的美食也沒什麼不好。我們若無其事的交談著，這部分跟平時倒沒什麼兩樣，然而當我倏地抬起頭來看著被熱氣給薰模糊的母親的臉時，赫然發現一道淚水從她的眼角流下來。

是回想起和父親在病中激戰的事情嗎？還是懷念起在臺灣的生活？我覺得似乎不便開口問，遂不發一語，假裝沒看見，默默用筷子戳著魚頭。

那是自從一月份為父親舉辦葬禮之後，我第一次看到臉上一向掛著笑容的母親落淚。

母親留下了幾封她跟父親結婚後不久，父親寫給她的信。其中一封是這樣寫的：

和枝小姐

回到日本之後過得如何？

自從道別後，許是心情低落，一直反覆感冒，至今依然不見痊癒，人感覺很虛弱。能有個人照顧果然對身體有好處。

東京一定很冷。再度冬眠的感覺如何？睡相可要注意一點。沒能讓妳聽搖籃曲（就是打呼），我覺得好遺憾。

惠民

我一封一封的看了其他幾十封信，發現許多信中都提到關於睡眠的事情，「大白天的就又在睡覺了吧？」、「小心睡過頭了」等。

老是對我的嗜睡感到愕然的母親，事實上也是沉睡星人之一，而父親對她的好睡習慣也感到驚愕。

「搞～什麼。有資格說人家嗎？媽媽自己也那麼愛睡。」

我好想這樣尖叫。

母親過世後，我就再也沒有被料理的香味給叫醒過了，結果就更沉溺於睡眠中。

妹妹總是帶著放棄的眼神說：「姐姐又在睡覺了吧？」

可是，最近我睡覺的時間略微減少了，改把心力放在做料理上。

結果我發現，雖然沒向母親學習，可是我卻再現了與母親類似的味道，不禁令我猛然一驚。

我一直沒有機會直接從母親那邊學到做料理的手藝，但是卻用鼻子和舌頭回憶母親的味道。

母親一邊戳著鍋子一邊流淚的那一年九月，在我過生日那天，母親給了我一封信。標題是用中文寫的「生日快樂」。

「生日快樂」

小妙，妳已經十五歲了。

媽媽老是挖苦妳，事實上，媽媽其實是非常感謝妳的。

爸爸跟媽媽之間有許多問題，身為孩子的妳一直看著我們之間的爭鬥，我相信妳有時候會因為感受到爸爸跟媽媽之間再也無法相互理解而感到難過吧？小妙在那個時候仍然極力忍耐著，真的非常努力。

換作其他的孩子，恐怕早就墮落了吧？媽媽對妳有滿懷的謝意。只怕今後妳還是時而會因為爸爸不在而感到落寞吧？

我跟小窈也同樣有落寞的感覺。

妳要設定一個目的，好好努力，任何事情都可以。

請妳今後仍然做個不說謊、率直的孩子。

媽媽

沒有了爸爸之後，媽媽得一個人處理很多事情，有時候會有些歇斯底里，但是，就請妳抱著「又來了」的包容心態，多忍耐擔待一些。

母親的淚水中一定也包含著這種種的思緒。當時我無法理解，但是現在已經可以充分體會了。真的是「兒女不懂父母心」。

下次到了臘月的時候，就來試做我人生第一次的「砂鍋魚頭」吧！也許吃過後，我就更能了解母親流下那些淚水的原因了。而且，沉睡在地底下的母親也許會被火鍋的香味所吸引而出現在我夢裡。

回憶中的食譜：三杯雞

最常出現在我們家餐桌上的肉類是「雞肉」。

母親經常到臺灣的市場買回一整隻雞，然後放在像圓形樹椿的砧板上，舞著大菜刀揮斬，切下雞隻的各個部位做料理。

父親喜歡白肉部分，我則偏好雞皮，所以很少會出現爭食的情況，但是說到雞翅，可就不是那麼一回事了。雞翅部位的肉並沒有特別厚，但是附著在骨頭四周的肉質卻很有彈性，在口中嚼起來有特殊的口感，大家都很喜歡吃。

這是一道可以使用雞隻任何一個部位來做的料理，澀味比麻油雞少，醬油的燒焦味散發出濃濃的香氣，很下飯。

○材料（4人份）

雞腿塊　7百公克

薑　1大塊

米酒　5大匙

醬油　3大匙
麻油　2大匙
砂糖　1又½大匙

〇作法

1將薑切成厚片，鋪在厚鍋（土鍋）的底部
2放上雞塊
3放進上述的調味料，大約蓋住一半的材料，蓋上鍋蓋，用中火熬煮
4待鍋子稍微出現焦色的時候，雞肉也差不多變軟了，此時便可熄火

＊加入一點酒可避免燒焦過度，加水則會使味道打折扣。

豬腿毛

六月——做什麼都覺得麻煩，是讓人心煩的月份。每天只能一邊聽氣象預報，一邊在心中祈禱梅雨季趕快停。母親也很討厭梅雨。

快進入梅雨季之前，母親一定會去買回時鐘草盆栽。並不是她特別對園藝或培育花花草草有興趣，而是她偏好時鐘草及龍膽草、勿忘我、鐵線蘭等紫色的花朵。時鐘草的座燈造型盆栽讓人聯想起小學生觀察日記中培育的牽牛花。纏繞在支柱上的藤有著強勁的力道，花朵本身則是鮮艷得讓人以為是帶有毒性的藍紫色，往花朵當中窺探，會有一種彷彿要被吸進去的感覺，與有著輕柔形象的牽牛花相距甚遠。

梅雨期間，母親每天早上都會去確認時鐘草花的狀態，看起來就好像她是從時鐘草那邊獲得活力般。她當時的身影深深烙印在我的腦海裡。

擺放時鐘草的玄關緊鄰著車庫，車庫的屋簷有幾根像是交叉的鐵製細管一樣的東西往外凸出。這些鐵管看起來不是很好看，但是實用性頗高。

只要勾上S型吊鉤，將籃子吊起來，就成了透氣性極佳的置物盒。籃子中放有大蒜或洋蔥、生薑、蔥等，即便在濕氣極高的梅雨季裡也不會發霉。如果上頭固定好板子，也可以成為好用的櫥櫃。櫥櫃上排放著裝有營養餅乾、水、手巾、棉手套等防災物品的背包和手電筒、安全帽等。

一到六月，平常總是空蕩蕩的櫥櫃，便化身成客滿的電車。塞進櫥櫃裡的是放在幾個竹籃中的梅子。

「梅」讓我有一些回憶和感觸。首先，過世的父親非常喜歡梅花，甚至在庭院裡種了梅樹。父親過世後，母親因為思念父親，又在庭院裡多種了一棵。對我們家來說，梅樹就像是過世雙親的遺物。

冬天的時候，梅花悄悄在沒有鮮麗色彩和味道的院子裡綻開。和櫻花相較，梅花比較樸實，不適合觀賞。我問過母親：

「爸爸為什麼喜歡梅花？如果種櫻花樹，還可以長出我最喜歡的櫻桃，這樣明明就可以一石兩鳥的，好遺憾啊。」

母親告訴我。

「櫻花開得快也謝得急，不是嗎？雖然華麗高貴，卻給人一種落寞的感覺，所以不討喜啊。」

一到六月，母親就會將買回來的青梅加在從院子梅樹上掉下來的梅子中，做成梅酒和梅乾。

她會將梅子徹底洗淨，然後放在篩子上，而風乾梅子的場所就是車庫的櫥櫃。

櫥櫃旁的鐵管上掛著幾十把傘。我是個喜新厭舊的人，卻又有收集癖好。我的性格詭異，從小就喜歡收集橡皮擦、鈕釦和貼紙。長大後，收集對象成了漫畫、石頭、原子筆，唯一長期持續收集的則是郵票。而在約莫二十歲的那段時間，我迷戀收集的便是傘。

母親每年都不斷將梅乾和梅酒放到我擺傘的櫥櫃裡。家裡吃不完的就分送給朋友或親戚。我不擅喝酒，所以對梅酒不感興趣，但是母親親手做的梅乾有適度的鹹味和酸味，我非常愛吃。

基本上，梅乾是用餐時的配角，可以和粥或握壽司一起吃，或者放在拉麵或烏龍麵上增添風味。特別讓我感動的梅乾最佳伙伴則是「豬腳」。

我很喜歡吃豬腳，當生活的據點從臺灣搬到日本後，豬腳便是我經常要求母親烹調的臺灣美味。

在臺灣的料理店裡，必定有用醬油熬煮的茶色豬腳這一味。市場裡也販售有新鮮的豬腳，一般家庭也常做這道料理。

我們從臺灣回到日本的大約三十年前，即便在食材豐富的東京，能夠買到新鮮豬腳的地方也非常有限。

距離我們家最近，可以買到豬腳的地方是在澀谷的東急百貨東橫店的地下肉品賣場。豬腳並沒有陳列在主要的展示櫃裡，而是放在沒人會去注意到的店舖角落的小冰箱裡，用包裝紙包著、放在泡沫聚乙烯盤子裡。每一隻膝蓋以下的豬腳都分開放置，和內臟一起收納著。

母親通常會買回冰箱裡所有的豬腳。她會要求店裡的人「請切成兩半」，然後帶著用切肉機整齊切割好的豬腳回家。

母親是從哪裡得知這家店有賣豬腳的呢？這是個謎。

把豬腳帶回家後，她立刻用熱水煮過，然後盛到篩子裡放涼。接下來就輪到我上場了。那就是最讓我期待的「拔豬毛」工程。

方法是用像鑷子一樣的去魚骨器，將留在豬腳上的毛一根根拔除。其實我只要拔除在食用時會破壞口感的粗毛就可以了，我卻連細毛都不放過，一一拔除乾淨。因為太過專注做這件事，母親不禁笑著跟我說夠了。也許這種幼兒級的體驗成了一個機緣，我連自己的腿毛也不放過，而且還嫌不夠，看到別人的腿毛或者刮鬍子留下的鬍渣，都好想要動手去拔個乾淨。

毛被拔得乾乾淨淨，表面變得光滑無比的豬腳就和醬油以及五香粉、八角等調味

料一起放進壓力鍋。壓力鍋和一般的鍋子不一樣，不論是鍋蓋或鍋子本身都很笨重，看起來頗具威嚴感。以宛如封閉監獄入口般的沉重感蓋上鍋蓋之後，還要一次又一次確認鍋蓋是否緊密閉合。加熱幾分鐘後，鍋蓋上如重石般的小蓋子就會因蒸氣而咕嚕嚕開始旋轉，這是我最喜歡的一部分。

「太危險了，走遠一點」被母親這麼一訓斥，我才不甘不願離開廚房。光是聽到小蓋子發出和火車汽笛聲一樣節奏明快的聲音，豬肉的美味就開始在口中蔓延開來。

從火爐上拿下來的壓力鍋和抵達終點站的火車一樣，散發出結束一件工作之後的神聖氣息。等了幾分鐘後，可能母親也害怕出意外，只見她用長長的筷子將小蓋子掀開，確認蒸氣完全散掉之後，再小心翼翼打開壓力鍋的蓋子。於是，廚房裡頓時瀰漫著一股八角的味道，滑溜溜的豬腳在咕嚕咕嚕沸騰著的湯汁中閃著金黃色的光芒。

從剛煮好的豬腳中飄散出的八角味道瞬間將我帶回臺灣的廚房。

我覺得光有這個味道，似乎就能讓所有料理都接近臺灣的味道了。日本人不是很熟悉八角這種香辛料，所以多半會有所疑慮：「看起來是很可口的樣子，但味道就有點令人不敢恭維了。」

基於一次多煮一些的量會更美味，母親一次最少都會煮四隻豬腳，另外再加入雞蛋熬煮。有時候我們會在餐桌上享用熱騰騰的豬腳，有時候也會放入便當當配菜。有時候也會看心情，放進冰箱裡，將滿含膠原蛋白的湯汁做成湯凍。每天吃豬腳難免會厭膩，所以吃剩的部分會加以冷凍，日後再拿出來吃。

豬腳多半都會和麵線一起搭配。以麵線沾取湯汁，和著切細的豬腳和梅乾，再灑上大葉欖仁葉來吃。麵線適度吸取熬出來的湯汁，味道擴散開來，變成一道誘人的料理。大葉欖仁葉和梅乾則添加了清涼感，我可以一連吃好幾碗。

我本來以為將細麵拿去沾豬腳的滷汁來吃的方法是母親發明的，是我們家獨創的方法，可是最近我知道了，在臺灣，在慶典的宴席上都會吃豬腳麵線。因為臺灣的民間信仰是相信豬腳有去除惡運，「否極泰來」的效用。另外，人們也認為麵線可以帶來幸福和長壽。據說，將這兩種東西搭配在一起食用的豬腳麵線可以招來吉氣，驅離凶象，轉災為福，是自古相傳的除厄食物。一直到現在，迎接從監獄出來的人時好像都一定會吃豬腳麵線。

但是，用細麵代替麵線，加上大葉欖仁葉和梅乾來吃，這個方法應該是保有日本精神的母親所想出來的吧？

「媽媽的門牙後面為什麼是銀色的?」

從小就對人體很感興趣的我看到母親有很多牙齒都經過治療,因而心中產生疑問,問過母親好幾次。「媽媽從小牙齒就不好,都蛀掉了啊」,母親這樣回答,而事實上,她的確很常去看牙醫。

我正式進中學就讀當週的星期天,為了慶祝我升學,母親做了我最喜歡的豬腳。我們母女倆都覺得肚子餓,晚餐前想先吃一點。當我們一口咬下豬腳,突然,母親發出「啊」的叫聲。只見母親餐盤中的豬腳上插著一個白色的東西。

我不明究理看向母親,這才發現,她的門牙竟缺了一顆!原來是假牙脫落了。母親驚慌失措,不知道該怎麼辦,可是,她那沒有門牙的臉看起來太有趣了,我因而咯咯笑個不停。

母親打電話給牙醫,手上拿著假牙,留下吃了一半的豬腳就出門去了。

這個事件之後,母親不再大口咬豬腳,而是改切成細片,小心翼翼送進嘴裡。

我現在已經是個牙醫了,如果是現在,我就可以立刻為假牙脫落的母親進行治療了吧。每次吃豬腳,母親當時的表情總會不由自主浮上我的腦海。

除了發生這種事,對我們家來說,理所當然的吃豬腳這件事,卻讓周遭的友人們對「一青家」和豬腳留下了非常深刻的印象。

「總之，就是嚇了一大跳呢。剛好是吃晚餐的時間，阿姨邀請我去吃飯，我看了一下餐桌，結果看到小窈津津有味的咬著某種肉塊。那個比她的小手還大的塊狀物就是豬腳，真是嚇死人了！」

「哪有人便當帶豬腳的？說起來，那一次還是我有生以來第一次看到豬腳呢！」

「我們又不是動畫中的原始人，竟然可以吃得下那種帶骨的肥滋滋的肉！」

「阿姨的每一道中式料理都很好吃，可是就只有豬腳看起來讓我敬謝不敏。我終究是吃不下口。」

「所謂的豬腳就是豬的腳吧？好恐怖啊。一青家真是可怕呀！」

「對哦，我覺得好像經常聽她們講豬腳、豬腳的。」

「說到小妙家的中華料理，那就是豬腳了。」

很明顯的，周遭人是用奇異的眼光在看待一青家的豬腳文化。

「豬腳有很多膠原蛋白呢。我想我的肌膚之所以能夠這麼有彈性，都是拜豬腳之賜。」我極力遊說朋友們豬腳有多好，可是，光是奇怪的外形，豬腳就讓人敬而遠之了，又如何能讓人有機會品嚐它的美味呢？

母親過世後，豬腳出現在餐桌上的次數雖然減少了許多，但是，每當我問妹妹「想吃什麼？」她多半都會說「豬腳」，於是我便常常做豬腳。也許親戚們也知道失去雙親的姐妹是把豬腳當成思念母親的味道吧，住在附近的臺灣叔叔總是會說：「我們幫小妙和小窈做了豬腳，過來拿吧。」

和妹妹分居後，就再也沒有人要求我做豬腳，而會為我們做豬腳的叔叔也過世了。有一段時期，豬腳在我心中的影子逐漸淡化。時序進入六月之後，有一次，我撿起了掉落在院子裡的梅子，突然很想吃放了大量八角的豬腳。

回過神來時，發現自己在大雨中走向澀谷。路上看到花店的店頭擺放著鐵線蘭。以前和母親一起去買豬腳的東急百貨店東橫店的地下室已經改裝成了「東急Foodshow」。我穿過擠滿人潮的賣場，目標是擺放著豬腳的展示櫃。但是，本來有櫃的地方已經變成了別的肉店，我在附近找了找，卻沒看到我要找的目標，於是我問店裡的店員：「對不起，請問有新鮮的豬腳嗎？」結果得到這樣的答案：

「我記得很久以前是有，但是現在沒有了。」

也許是我看起來意氣很消沉的樣子，很有同情心的店員小聲指點我一家在附近的店，於是我終於買到了新鮮的豬腳。

我用那隻豬腳做出了許久沒嚐到的味道，雖然是我個人的風格，但是可以接受。我用麵線裹住剩下來的湯汁，加上去年做的梅乾來吃，依然是絕品。

梅乾果然與豬腳是最搭的——我在心中大叫快哉。

本來放在玄關旁的時鐘草盆栽在不知不覺中不斷繁殖，變成了一道圍牆，剛好擋住了重建前的房子的浴室窗口。定睛凝視著雌蕊像圓形時鐘一樣的花時，莫名地會有眼花的感覺。我試著去思索，為什麼母親會喜歡這種花，還特地去買回來？

時鐘草的花語是「神聖的愛，宗教的熱情」。

自從父親過世後，就開始小心呵護培育時鐘草的母親是否把對父親的「神聖的愛」和「熱情」寄託於花朵上呢？這是我的臆測，但是因母親有著出乎我意料之外浪漫的一面，所以也許我是猜中了。

我有一種解開謎題時那種豁然開朗的感覺，遂出門去附近的花店買時鐘草盆栽。

給媽媽的信

一年當中，我最喜歡的月份是九月。

九月份，季節性的暑熱告一段落，身心都感覺相當舒適愉快。這個月份也是適合做任何事情的月份，包括運動、唸書、大快朵頤等。而最重要的是，九月是我的誕生月，從小我就最期待這個月份的到來。

小我六歲的妹妹的生日也同樣是在九月，跟我只差四天。每到九月，我們姐妹就雀躍不已。拿到新年度的月曆時，我們會先翻到九月，確認誰的生日比較接近週末假日，這已經成了一個習慣。

同時慶祝姐妹倆的生日固然讓我們感到不滿，但是，妹妹的朋友和我的朋友會共聚一堂，可以多拿到些生日禮物，看來一起慶生也不全然沒有收穫。

在臺灣生活時，慶生會經常是在家裡舉辦的。母親每年為受邀前來的幾十個孩子準備的食物是「手捲壽司」。其實有不少朋友就是衝著這個手捲壽司來的。

這是因為當時在臺灣很難拿到漆黑有光澤的日本海苔，很多人都還沒有吃過醋飯或散壽司這種東西。母親從日本回臺灣時，總會大量購買山本山的海苔。

慶生會一早是從煮大量米飯這件事拉開序幕的。飯鍋的開關幾度開開關關，煮好近二升的米飯後，就倒到從日本帶來的壽司桶裡。把壽司醋澆到米飯當中後，母親就用熟練的技巧，用飯杓切刀似地將桶子裡的米飯均勻攪拌開來。我的任務就是站在旁邊，拿著扇子啪啪啪搧著，把米飯的熱氣給搧走。米飯還溫熱的時候，醋的強烈味道很刺鼻，所以執行這項任務的重點就是要一隻手捏住鼻子才行。

待醋飯做好，大概就大功告成了。剩下的工作就是將食材分盛到幾個大盤子去。除了可以在臺灣買到的小黃瓜、葫蘆乾、炒蛋、燉乾香菇、蝦米、章魚等，還有從日本運送過來、經過燒烤的爆醃鮭魚，鬆散的鮭魚片和章魚、明太子等，都是具有日本風格的特別食材。

另一方面，臺灣特有的食材則有肉鬆、香腸、吻仔魚、烏魚子等。

圓桌的轉盤上放著裝了醋飯的壽司桶、盛著食材的大盤子、裁剪成手捲壽司大小的大量海苔，桌邊則圍了幾十個虎視眈眈望著自己想吃食材的小毛頭。

「開動！」

母親一聲令下，我們便爭先恐後把手伸向海苔，再放上食材和醋飯。孩子總是無法適度控制自己胃容量的大小和想一飽美食的衝動。總之，大家是能放多少東西就放多少，結果捲出來的東西與其說是手捲，不如說是粗捲來得更貼切。從海苔縫細中掉落的米飯沾滿了手和嘴巴四周，大家都吃得不亦樂乎。

大家以一種玩做飯遊戲的心情享用著手捲和壽司，我視這些東西為生日時所能吃到的特別飯食，在記憶中有著不可動搖的地位。

剩下的醋飯和食材，母親就用捲簾為父親做粗手捲。

這個製作粗手捲的捲簾讓我有一段小回憶。

在臺灣就讀小學的時代，每個星期中的某一天要學書法。

我會提著裡面裝了硯台、毛筆、文鎮、習字舖布等各種用具的紅色四方形習字包包到書法教室去上課。有一天，我沒有帶那個包包，而是零散地拿著那些東西走在路上，因為我覺得書法包包太重了。

可是，我拿來代替包包裝這些文具的袋子太淺了，沒辦法將包捲著毛筆的筆捲整個裝進去，約有三分之一的部分露在外頭。

這個狀況在後來引發了一件意想不到的「事件」。

不知道為什麼，母親也跟我一起學書法。下課後，我們順道去百貨公司的食品賣場買晚餐。買完東西正要離開店裡的時候，後面有人大聲喝住我們。

「站住！」

我猛然一驚，回頭一看，只見一個帶著猙獰表情的店員叔叔朝著我衝過來。我好害怕，不禁緊抓住母親的手臂。那個叔叔從我的包包裡拿出捲住毛筆的筆捲，遞給母親。

在搞不懂到底發生什麼事的情況下，我只聽到叔叔口中發出了「偷」這個字。我不發一語，於是叔叔啪的一聲，用力打開我的筆捲。咚、咚、咚。大、中、小三枝還沒乾的毛筆從裡面掉落到地上。頓時，叔叔噤聲了，然後深深低下頭，開始不停道歉。

不知道發生什麼事的母親和我只是愕然呆在原地。可能是叔叔把我的筆捲誤以為是「壽司布（捲簾）」，錯認我是小偷了。

在臺灣，一般人沒有用筆捲將毛筆包起來的習慣。也許叔叔本來就不是什麼壞人，在一陣驚恐後，不斷向我們道歉，還送了真正的捲簾給我們當成致歉禮。回程，看著從包包裡露出頭來的兩個捲簾，我覺得兩者倒是挺像的。我說「天底下竟然有這種事呢」，然後跟母親兩人笑彎了腰。

長大一點之後，邀請朋友一起慶生的機會漸漸增多了。因此，在家慶祝的機率銳減，於是我都會收到母親送的生日賀卡。

以下是我十八歲即將面臨大學考試時收到的賀卡：

小妙

妳都十八歲了，漸漸從女孩變成一個女人了，媽媽真有點不知所措。只是很佩服妳，每天都好努力。

再衝刺一下吧，我想妳一定覺得很辛苦，但是媽媽相信，以小妙不服輸的個性一定可以達成目標的。

想買什麼就買吧。

賀卡是沒有底紋的藍綠色卡片，裡面還包了一些現金。

在面臨考試和青春期的雙重巨大變化之下，這個時期的我鮮少和母親說話。我想母親是把對女兒的思念和情感都寄託在文字中了吧，我做夢也沒有想到，母親竟然會對我有不知所措的感覺。

我從小就不擅於說話，無法用言語如實表達自己的感情，通常都是靠著寫信來傳達想告訴父母或妹妹的重要大事。雖然住在一起，但是我曾經將說不出口的話寫在紙上，悄悄放在枕頭邊。我會寫信給自己心儀的對象表達愛意。與朋友之間，寫信對我來說也比面對面說話要來得輕鬆。我一直覺得，寫信是只有不夠機靈的我才會用的方法。

可是，看過母親送的賀卡後我才發現，即使身為父母，也還是有些話難以用言語來表達。原來母親也不是一個完美的人。

聖誕節、忘年會❶的時候，大學的朋友經常會有一大堆人到家裡來慶祝。每當這個時候，母親就會做春捲或蘿蔔糕等許多的臺灣料理，但是，餐桌上同時也會出現和慶生時一樣的手捲壽司。

根據我的觀察，母親好像是把我的這些朋友視為未來的醫生和牙醫來招待的。她似乎對「將來可能會賺大錢的男人」有所期待。

每當有就讀同一所大學的醫學系或牙醫系男性上門，母親就會做手捲壽司，還一再鼓勵他們多吃點，聊天當中也會刻意打聽他們的家庭環境和家族結構。日後就會對我說：「那個男孩子很乖，有機會再邀請他到家裡來」，或者「將來若跟這個男孩子在一起，就可以自行開業，一起賺錢了」，兀自有著滿腦子的空想。

相對的，她對文科系的男孩子就會冷漠以對。

當這樣的男孩子一坐到餐桌邊，她就對人家下令「飲料不夠了，去冰箱拿一些來」，飯後還吩咐他們要整理乾淨。在沒有男性幫手的我們家，更換高處的電燈泡、拔除雜草、砍庭院裡高處的樹枝等是一件大事，母親就會一副「此時不用，更待何時」的態勢，極盡使喚之能事。男孩子們當然不能拒絕，只好勤快工作，搞到汗流浹背，渾身泥土，甚至有人澡洗了一半就睡著了。

母親會對這些疲累至極的男孩子毒舌一番，「如果沒有專業技術，將來會找不到工作，一輩子做上班族也沒什麼出息」，然後送他們離開家門，我覺得我的母親真是太厲害了。

母親出生於一九四四年，剛好是戰爭結束之前糧食短缺問題最嚴重的時期。小時候，她幾乎沒吃過什麼有營養的東西，或許是因為這樣，她的牙齒從小就不好，門牙有大半都是假牙。

我記得我考上牙醫系時，她比誰都高興，「這麼一來，我一輩子都不用再為牙齒的事情操心了」。現在回想起來，自從我決定將來要進醫學院唸書後，母親就特別建

❶ 忘年會，類似臺灣的尾牙。

議我去唸牙醫系。一定是希望身為她苦惱來源的牙齒問題可以不用再讓她操煩了。

確認女兒能夠獨立之後，接下來她在意的便是女兒的結婚對象。做父母的總希望女兒能夠跟條件好一點的人在一起，這是理所當然的想法。更何況對牙齒不好的母親而言，如果我能跟同樣是牙醫出身的人結婚，或許她會感覺更安心一點。

我不理會母親的心思，一再揚言，我不喜歡工作性質接近的人，所以我絕對不跟同業結婚。母親聞言嘆著氣說：「事情總不如我所願啊。」

當妹妹介紹她的男朋友給我認識時，我也老是注意對方的缺點。明明知道如果是妹妹喜歡的，什麼人都無所謂，可是，也許是有別於「父母的偏心」的「姐姐的偏見」使然，我實在沒有辦法那麼輕易就切割得一清二楚。我想，不管她帶什麼樣的人來，我一定都無法接受。是不是會有條件更好的人？會不會有更懂得珍惜妹妹的人呢？我開始有這樣的想法，此時我發現自己這才了解到母親的心情。

在請女兒的對象吃手捲壽司或臺灣料理時，或者要求對方幫忙處理家中的雜事時，母親都會仔細觀察對方的一舉一動。隨著歲月的經過，受過母親洗禮的男性都成了優秀的醫生或牙醫，或者進入一流企業，成為一名上班族，但是我相信，不管我選擇了誰，母親一定都會有意見的。

我也過了四十歲的年紀了。有一次，我想起自己自成人後至今，剛好走了一倍長的人生路，於是回頭去看了母親在我二十歲時送我的賀卡：

阿妙

妳終於也到了身心都變成大人的歲數了。

妳今後的人生比媽媽的祝賀語更重要。

媽媽要送妳一句話——人生路是很辛苦的。

和爸爸結婚，生下妳，這當中已經過了二十年的歲月，對身為母親的任務已經告一段落的我來說，我有無限的感慨。

我很想驕傲的挺著胸膛對著爸爸的相片說，我把小妙養育成一個頭腦聰明，又有膽識，而且性格善良體貼的孩子了。

想要成為一個名副其實的成熟大人，必須累積各種不同的經驗，但是，不要忘了妳現在是個學生的事實，要努力向學。而且請妳要牢牢記住，千萬要珍惜自己。

這條珍珠項鍊是爸爸送給媽媽的第一份禮物。是我在帝國飯店舉行婚禮時戴在身上的飾品。請把它當成是爸爸送妳的禮物，好好珍惜。

請妳務必要成為一個身心都健康而且充滿魅力的女性。

一九九〇年九月二十四日

媽媽

與珍珠項鍊一起送到我手上的二十歲生日賀卡上寫的不再是以前的「小妙」，而是「阿妙」。

對做父母的人而言，孩子迎接二十歲的成年具有特別的意義。我在想，她藉著改變對我的稱呼，來明確表示將改變與我互動的方式，同時對她自己本身而言，也明示著要迎接另一種生活模式的到來。

舉行成人禮的那一天，母親比誰都要緊張。不只是我，連母親和妹妹也都穿上了和服，三人一起到相館去，說要拍紀念照。

我無法理解為何連跟成人禮無關的妹妹和母親都要穿上和服，但是因為母親堅持，我們只好跟著擺姿勢拍照，最後甚至請攝影師幫母親拍個人照。母親就好像在迎接自己的成人禮一樣興奮不已。

這是我們母女三人一起穿和服，第一次也是最後一次拍下的相片。母親的獨照成了她葬禮上的遺照。所以，每當我聽到成人禮，心中就會有一種難以言喻的悲悽感。

針對母親寫給我的這封信，我也試著回了一封信給她：

媽媽

自從我在身心兩方面都成為大人之後，已經過了一倍的歲月了。我經歷過各種事情，但是都不足以讓媽媽為我擔心。

如果生我的媽媽現在還在世，也快七十歲了吧？

我想對著爸爸的遺照跟他報告，媽媽仍然是個粗心大意的人，不過還不到失智，想到往後，就不禁覺得有些恐怖。

人們都說，名副其實已經是個可以獨當一面的大人的我跟媽媽是一個模子印出來的。我要謹記在心，今後要成為一個像媽媽一樣的大嬸。

您送我的珍珠項鍊，我會在重要的場合中穿戴在身上，然後好好收藏起來。人要衣裝，一戴上珍珠，看起來就高貴典雅許多，真是好用。我很感謝爸爸。

我不知道自己是否有魅力，但是，不管身或心，都非常健康。

今年的生日，我不要什麼禮物，我只想吃手捲壽司和火鍋。

請您永遠保持青春活力。

二〇一二年九月二十四日

妙

後記

首先，在本書問世時，請讓我先向對我多方關照的人們致上最誠摯的謝意。

父親出生於被日本統治的臺灣，十歲時渡海到日本，接受日本教育。大戰結束後，他先回到臺灣，但是卻遲遲無法以臺灣人的身分融入環境，於是便再度回到日本，但是不是經由合法的管道，而是採用偷渡的形式。

我原本認為，既然是有錢世家的兒子，偷渡到日本之後的生活應該不會有什麼不便之處，但是，我最近才知道，事實上並非如此。母親的日記上寫有父親偷渡之初以及之後的生活狀況。

根據母親的日記記載，一九四九年，父親在祖母和曾祖母的送別下，以船員的身分，由臺灣的基隆港登上貨輪前往日本。當時各方面都還處於極度混亂的狀況。有時候送往日本的金錢會斷絕，使得父親不得不變賣從臺灣帶去的手表，當賣手表的錢沒了之後，就到新宿去叫賣長靴以獲取溫飽。

一九五九年發生了一起事件，父親被誤認為是一個同名同姓、也叫顏惠民的毒販而遭到逮捕。他在莫名其妙的狀況下，被關進了拘留所長達一星期之久。

對父親來說，想必這是他一生中經歷過最辛苦的時期吧。

不過，這都是父親和母親結婚之前的事。母親並沒有聽父親親口告訴過她這些事，都是她從父親朋友那邊聽來的。我想這也許是因為一來父親不想提及，二來母親也無意去追問過往的事情。

母親只認識兩人邂逅之後的父親，對她來說，一個深愛菸酒和爬山的體貼丈夫應該就已經足夠了。

對於母親拒絕告知父親罹癌一事，父親決定以徹底漠視她做為一種抗議。當時，母親在日記上這樣描寫自己的心情：

如果我能從旁為他做什麼事就好了。

我覺得這句話最能代表母親的性格。

母親總是表現得很開朗，幾乎不曾看過她掉眼淚，她經常壓抑自己的情緒，也不多話，默默在一旁守護著父親和我們姐妹。有時候我覺得她的行為有點太過脫線，但拜此之賜，我們家人都獲得了救贖。

另一方面，母親卻又比誰都仔細觀察著我們一家人，心思也比別人纖細一倍，在看過母親的日記之後，我才了解到這一點。

在拒絕對話的父親的病房裡，母親是這樣回憶著她和父親邂逅時的情形。

窗外下著冰冷的雨。窗邊可以看到黃色、紅色，以及翠綠的樹葉，還聽得到小鳥的啼聲，以前住過的任何一間病房都沒有這麼美好的景致。看著窗外的景色，我回想起剛跟民認識不久的時候。當時民必須回到許多年不曾回去的臺灣，他說，等他到了臺灣，就會送機票過來，問我願不願意去臺灣玩，後來他還真的寄了機票過來。

我想起寫給民的書信內容。

「窗外下著冰冷的雨。冬天已經來了，接著春天就會到來，能夠和你見面的春天即將到來，地球果然是在轉動著的。」

我想起自己曾經寫過內容這麼陳腐的信。

前往臺灣的前一天，我跟父親說要去臺灣玩，結果被狠狠臭罵了一頓。到機場的時候，父親卻塞了一個裝有錢的信封袋給我。這是我有生以來第一次出國旅行，我搭乘的是最後一班飛機，夜裡街上的燈火宛如河流般串連在一起，在朦朧夜色中，只見民站在臺北松山機場的小甲板上猛揮著手來接我。

在我看來，父親和母親都不是很機靈的人。和父親相較，母親的人生並不算是一個華麗的故事。但是，我衷心認為，她的人生其實是很豐富的。

我相信母親是透過料理，想把她深深的情愛傳達給女兒們。

打開食譜筆記本，我覺得母親的這種心情強烈地敲打在我的心房上。

二〇一三年六月

作者

聯經文庫

日本媽媽的臺菜物語（增訂新版）

2014年3月初版　　　　定價：新臺幣340元
2023年12月二版

著　者	一青妙
譯　者	陳惠莉
	林慧雯
繪　者	葉懿瑩
叢書主編	林芳瑜
	陳永芬
校　對	陳佩伶
內文排版	林淑慧
封面設計	許晉維

出版者	聯經出版事業股份有限公司
地址	新北市汐止區大同路一段369號1樓
叢書主編電話	(02)86925588轉5306
台北聯經書房	台北市新生南路三段94號
電話	(02)23620308
郵政劃撥帳戶第	0100559-3號
郵撥電話	(02)23620308
印刷者	文聯彩色製版印刷有限公司
總經銷	聯合發行股份有限公司
發行所	新北市新店區寶橋路235巷6弄6號2樓
電話	(02)29178022

副總編輯	陳逸華
總編輯	涂豐恩
總經理	陳芝宇
社長	羅國俊
發行人	林載爵

行政院新聞局出版事業登記證局版臺業字第0130號

本書如有缺頁，破損，倒裝請寄回台北聯經書房更換。　　ISBN 978-957-08-7153-1 (平裝)
聯經網址：www.linkingbooks.com.tw
電子信箱：linking@udngroup.com

國家圖書館出版品預行編目資料

日本媽媽的臺菜物語（增訂新版）/一青妙著．陳惠莉、林慧雯譯．葉懿瑩繪．二版．新北市．聯經．2023年12月．260面．14.8×21公分（聯經文庫）
ISBN 978-957-08-7153-1（平裝）

861.67　　　　112017543